北の御番所 反骨日録【一】

春の雪

芝村凉也

JN047590

双葉文庫

目次

春の雪　北の御番所　反骨日録【一】

序

「旦那様」

そっと呼び掛けられて目が醒《さ》めた。とはいえ枯れた年寄りの声だから、色っぽいと評せるような状況からはほど遠い。

北町奉行所の同心裄沢広二郎《ゆきざわこうじろう》を起こしたのは、この家で下働きとして雇っている茂助《もすけ》という老爺《ろうや》であった。

「ん、どうした」

半ば寝惚《ねぼ》けたまま、裄沢は襖《ふすま》の向こう側にいるはずの男へ返した。

裄沢の返答に応じて、襖がそっと開けられる。

「銀太《ぎんた》さんが来ておりますが」

ようやく覚醒してきた裄沢は、夜具《やぐ》から身を起こしつつ答える。

「顔だけ洗ってすぐに行く。ちょいと待ってもらってくれ」

茂助は小さく低頭《ていとう》して下がっていった。

寝間着《ねまき》の上に褞袍《どてら》を羽織《はお》っただけの裄沢は、もう一人の下働きである重次《しげじ》が盥《たらい》で持ってきた水でざっと顔を洗い歯を磨《みが》くと、寝所《しんじょ》にしている部屋から茶の間に移り縁側《えんがわ》へ出る。

庭先では、町人の男が一人だけ待っていた。廻《まわ》り髪結《かみゆ》いの銀太という三十男だ。

町方同心でも定町廻《じょうまちまわ》りや臨時廻《りんじまわ》りなら、毎朝廻り髪結いを組屋敷に呼んで髪を整えさせるが、内役《うちやく》（内勤者）の裄沢にそのような手立てはない。ただ、幼《おさな》馴染《なじ》みで定町廻りを勤めている来合轟次郎《らいごうごうじろう》が、三日に一度ほど銀太に申しつけて裄沢のところまでよこしてくれるのだった。

銀太は、裄沢の肩を手拭《てぬぐい》で覆《おお》うとさっそく頭を弄《いじ》り始めた。裄沢のほうから話し掛けない限り、口を閉じたまま黙々と仕事をするような寡黙《かもく》な男だ。

朝に定町廻りや臨時廻りの組屋敷を訪れる髪結いは、その商売を生かしおおかたが手先となって町方役人の探索の手伝いをしているものだが、これほど無口でどうやって町の噂話などを拾ってこられるのかと裄沢は常《つね》に疑問に思っている。

が、己の仕事には関わりのないことなので、ことさら訊《き》こうという気にもなっていない。

銀太に手間賃《てまちん》を与えて帰すと朝飯である。

武家の食事は家族全員でなどということはなく、せいぜいが主《あるじ》と隠居《いんきょ》した先代と嫡男《ちゃくなん》の三人で摂《と》るぐらいのものだが、家族もおらず全くの独り身である裄沢は、自分の家で他の誰かと一緒に朝飯を食った記憶が、かれこれ十年以上もなかった。

飯が終われば寝所に戻って着替えなのだが、これも人の手を借りずに自分一人でやる習慣が身についてしまっている。

冬場の今は綿入《わたい》れを着て野袴《のばかま》を穿《は》く。

町奉行所の同心というと袴を穿かない着流し姿が想像されるけれど、これは鷹《たか》狩《が》りや菩提寺《ぼだいじ》での法要《ほうよう》などのために城を出る将軍の、目に留まる場所で警固に当たる際であっても「着流し御免」が許されていることから、定町廻りや臨時廻りなどが常にしている格好だというだけだ。町方同心全ての決まりの装束《しょうぞく》というわけではない。

立ったり座ったりの頻度《ひんど》も多ければ、古い書付《かきつけ》などを蔵の二階や棚《たな》の高いところから探すのに梯子《はしご》と踏み台の昇り降りもある内役にとり、裾《すそ》の始末の悪い着流し姿は仕事に向かないのである。

袴を穿いた後は脇差《わきざし》を帯に差して羽織を身に纏《まと》い、大刀を手にすれば支度《したく》は完了だ。

「行ってくる」

大刀を腰に差しながら組屋敷を出る裄沢を、二人の下働きが見送った。

与力《よりき》ならばともかく、家と奉行所の往《い》き帰りで同心に供はつかない。同心とは、侍の身分としては足軽《あしがる》格の軽輩《けいはい》でしかないのである。

そうして裄沢は、今日も己の勤め先である北の御番所《ごばんしょ》――北町奉行所へ向かうのだった。

第一話　意休《いきゅう》殺し

一

北町奉行所の定町廻り同心、来合轟次郎が臨時廻りの室町左源太《むろまちさげんた》とともにその女郎屋に駆けつけたとき、すでに見世《みせ》の入り口の前には野次馬《やじうま》が輪をなして取り囲んでいた。

ここは深川《ふかがわ》でも岡場所《おかばしょ》として名の知られた通称「櫓下《やぐらした》」。中でも、遊女の粒《つぶ》が揃《そろ》っていることで好き者の間では評判の『喜《き》の字屋《じや》』で人死《ひとじ》にが出たというのだから、騒ぎになったのは当然のことだ。

公許《こうきょ》の吉原《よしわら》以外の女郎屋は全て非公認の「もぐり」で商売を営《いとな》んでいるというのがお上《かみ》の建前《たてまえ》であるため、たいていの揉《も》め事《ごと》は内々でことを収めてしまうのが常の有りようだった。

しかし、起こったのが人殺し——しかも座敷で客が殺されたともなれば、いかに吉原と並ぶほどの隆盛を誇る深川でも簡単に揉み消せるわけがない。渋々《しぶしぶ》ながらも番屋へ届け出るとともにところの岡っ引《おかぴ》きが呼ばれ、町方役人も駆けつける仕儀《しぎ》となったのだった。

刻限は間もなく陽《ひ》が落ちようというころだ。冬も極まった夕暮れどきだから、まだ明るさは残っていても急速に冷え込んできていた。

奉行所の小者《こもの》二人を伴った来合と室町が『喜の字屋』に歩み寄っていくと、人混みを分けて一人の若い男が近づいてきた。

精悍《せいかん》な顔つきに鋭い目つき。どうみてもただの素人《しろうと》ではない。

「伊助《いすけ》んとこの若《わけ》え衆《しゅう》かい」

頭を下げてきた若い男に、来合が問うた。

「へい。寅吉《とらきち》と申しやす——親分はひと足先に殺しのあった座敷へ行っておりやす」

伊助はこの界隈《かいわい》を縄張《なわば》りとする岡っ引きで、寅吉はその子分——いわゆる下《した》っ引《ぴ》きである。

「オラァ、どいた、どいた。お役人がお通りなさる。そんなとこに突っ立って邪魔んなってんじゃねえぜ」

町方二人の先に立った寅吉は、野次馬連中を怒鳴りちらして道を空けさせた。

来合たちは無言で続く。

見世の前には楼主《ろうしゅ》らしき男や奉公人もいて、来合たちへ頭を深々と下げてきた。

「ご苦労様にございます。このたびはえらいお手数をお掛けすることになりまして――」

不意の出来事に狼狽《ろうばい》しながら言葉を並べ立てようとする楼主を、来合が遮《さえぎ》る。

「話ゃあ、後だ。ともかく、殺しのあった場所に案内してもらおうかい」

来合の求めに、楼主は即座に反応した。自分が先に立って見世の中へと導《みちび》いていく。

後に続いた来合は、見世の入り口を潜《くぐ》る前にちらりと後ろを振り返った。

多くの野次馬が興味津々《きょうみしんしん》な様子でこちらに目を向けている。場所柄からすれば当然なのだが、そのほとんどが男だった。

長旅を終えて家へ帰る前の最後の息抜きのつもりなのか、旅姿の者もいるようだ。他の者の陰に隠れるほどの小ささがふと気になった。

——近くに似たような格好の者はいねえようだし、子供じゃなくってごく背の低い客だろう。

とにかく今は、大事が目の前にある。くだらない考えは断ち切って、この先に待つ修羅場《しゅらば》へと意識を向けた。


南北の町奉行所に六人ずついる定町廻りは、俗に八百八町《はっぴゃくやちょう》と称され実際には千を超える数があった江戸の町を分担し、毎日巡回しつつ治安を守ることを務《つと》めとしている。

そして同じ数だけいる臨時廻りはその多くが定町廻りの経験者で、現任の定町廻りの補佐・助言に回り、手の足らぬところを補《おぎな》う役割を担《にな》っていた。

来合はこの深川を含むいわゆる「川向こう（大川《おおかわ》以東）」を受け持ちとしている。室町のほうは六人全ての定町廻りと仕事上の付き合いがあるものの、来合と組むことが多い男で、伊助の子分から急報を受けた今日も自ら名乗りを上げてやってきたのだった。

来合はすでにこの日の見回りを終えて奉行所に戻っていたため、室町と二人揃って駆けつけることができたのだ。

「こちらにございます」と言ってきた楼主と奉公人を廊下に残し、座敷に踏み入った来合が目にしたのは、半分はだけた掻巻《かいまき》（着物の体裁《ていさい》に作られた掛蒲団《かけぶとん》）を腰から下だけに纏わせ、くの字に折れ曲がった男の姿だった。

男は苦悶《くもん》の表情を浮かべ、焦点の合わぬ目を大きく見開いて虚空《こくう》を睨《にら》み上げている。

冷たくなった男の体の下に敷かれた蒲団に広がる赤黒い血は、すでにほとんどが染み込んだ後のようだった。この量だと、まずは畳まで達しているに違いない。

屍体の正面にしゃがみ込んでいた四十過ぎの男が、来合たちの部屋に入ってくる気配に立ち上がった。

「ご苦労様にございやす」

股引《ももひき》に尻《しり》っ端《ぱし》折《よ》りで人相の悪いこの男こそ、寅吉が「親分」と言っていた猪口《いのくち》橋《ばし》の伊助だった。

「オゥ、お前さんはずいぶんと早かったようだな」

鴨居を気にして六尺（約百八十センチ）近い大きな体をわずかに屈《かが》めた来合が、手札を渡している伊助へ声を掛けた。

「へい。とりあえずのとこをざっと当たってから、もういっぺん死人《ホトケ》さんを拝んどこうかと思いやして」

ぐるりと部屋の中を見渡した来合と室町が、屍体の近くへ足を進めた。小者二人の姿が見えないのは、下に残って伊助の子分らとは別に自分らも聞き込みを始めているからである。

来合たちへ場所を譲るために立ち上がって屍体の向こう側へ移動した伊助は、廊下のほうから座敷を覗《のぞ》き込んでいる奉公人へ鋭い目を向けた。

「おい、灯《あか》りが足りねえ。もっと持ってきねえ」

声を掛けられた奉公人は、命ぜられた用を果たそうと慌《あわ》ててその場を後にする。

気づけば、外はだいぶん暗くなってきていた。

「死人さんの身元は判《わか》ってんだよな」

大きな体を窮屈《きゅうくつ》そうに屈めながら、手は触れずに目だけで屍体や周辺の状況を観察していた来合が、顔を上げることなく伊助に問うた。

「へえ、三哲《さんてつ》ってえ本所《ほんじょ》の金貸しだそうで。見世の者《もん》によると、昨日の夜からの居続けだったたってことで」

この『喜の字屋』のお得意だったらしく、死人の身元については探るまでもなくすぐに判明していた。

「三哲……二《ふた》ツ目《め》緑町《みどりちょう》の三哲か」

苦痛に顔を歪《ゆが》めているため人相を見定めがたい死人の顔を改めて見直しながら、来合は確かめの言葉を放った。

「へえ、そのとおりで」

返事をしたのは、言いつけられた灯りを手にちょうど戻ってきた見世の奉公人だった。仲間連れで戻ってきた男は、伊助の指示に従い部屋の四隅に燭台《しょくだい》を並べた。

「お前さんの知り合いかね」

来合の調べを後ろで黙って見ていた室町が、座敷に入ってから初めて口を利いた。

来合は、室町へ場所を明け渡そうと立ち上がりながら返事をする。

「さすがに受け持ちの中ですんで――つっても、挨拶《あいさつ》の言葉を交わしたことがあるぐらいですけどね」

「出入りはしてなかったのかい」

重ねた室町の問いには、意外だという軽い驚きが含まれていた。商家などでは、万が一に備えて日ごろから町方に誼《よしみ》を通じておくところが少なからずあった。『喜の字屋』ほどの見世に馴染みとして通《かよ》えるぐらいに懐《ふところ》が暖かい男なら、居住する町を受け持つ定町廻りと懇意《こんい》にしていて当然だという意識があったのだ。ましてや、客と諍《いさか》いの起きやすい金貸しともなれば、なおさらであろう。

いったん死人から離れて部屋の中を見渡しながら、来合は応ずる。

「南町《みなみ》奉行所はどうか知りませんが、こっちとは特にありませんな。まあ、商売が商売ですから、腕に憶《おぼ》えのありそうな野郎の何人かぐらいは雇ってるでしょうし」

やけにあっさりとした言葉を返してきた来合を、室町はちらりと見ただけで無言のまま視線を目の前の死人に戻した。

言いようから来合が死人さんにあまりよい感情をもっていなかったことは伺《うかが》い知れるが、それを確かめるのは余人《よじん》がいなくなってからでいい。これから事情を訊かねばならない奉公人の耳に余計な話を入れて、証言に憶測《おくそく》が混じるようなことがあってはならないからだ。

経験が浅いなりにものをわきまえている来合も、余計なことは口にしない。命ぜられた燭台を置き終わっても楼主とともに一人だけ座敷の外の廊下に残って、所在なげに佇《たたず》んでいた奉公人へ顔を向けた。

「お前さん、名前は」

「へえ、善次《ぜんじ》と申しやす」

歳は来合とそう変わらず三十過ぎくらいか。細身だが弱々しい感じはせず、肚《はら》も据《す》わっていそうに見える。見世で客が揉めごとを起こしたようなときに出てくる男衆《おとこし》の一人であろう。

「この見世にゃあ、長いのかい」

「もう十年以上はお世話になっておりやす」

「なら、いろいろと知ってそうだな――で、この三哲って死人さんは、ここの馴染み客かい」

「……このごろは、三、四日に一度ほどでしょうか。よくお通いくださるようになってました」

周囲を見回していた来合は、善次と名乗った奉公人に視線を合わせた。返答にわずかな間が空いたことと、その微妙な言い回しにほんの少し引っ掛かりを覚えたのだ。

「このごろってこたぁ、前はそうじゃなかったって？」

「へえ、よくいらっしゃるようになったなぁ、この冬の初めぐらいからでしょうか。その前は、月に一度ほどは顔を見せてましたけど、そんなもんで」

今は、冬も終わりの師走《しわす》（陰暦十二月）に入ったばかり。

もう二、三日早ければ自分らは出張《でば》らなくてもよかったものを、と思わぬでもない（南北の町奉行所は、「月番《つきばん》」と称して新規の事件や訴訟などを一カ月交替で交互に受け持った）。

「ここで馴染みの女郎《こ》でもできたのかい」

「うちの白糸《しらいと》にご執心《しゅうしん》で」

「昨日から居続けしたってその相方《あいかた》も？」

「へえ、白糸さんでした」

「後で、その白糸も呼んでもらわにゃならねえな」

死人が生前に同衾《どうきん》していた相手へ事情を訊くのは当然のことだ。善次は嫌々ながらも同意を口にするよりなかった。

来合は、善次とその後ろで存在を隠すようにしていた楼主、二人を見比べて改めて口を開く。

「じゃあ、ともかく最初っから起こったことを話してもらおうかい」

楼主からの無言の促《うなが》しを受けて、話し始めたのは善次のほうだった。

二

「三哲さんは、昨日の夕刻、確か六ツ（午後六時ころ）ぐらいにいらっしゃいやして、いつものように白糸さんを呼ばれやした。そのまんまひと晩過ごしなすって、居続けで今日までいらしたってこって」

「そういうなぁ、この死人さんにゃあ珍しくなかったのかい」

「……いえ、さほどは……」

歯切れの悪い言い方になった善次を、来合は無言で見やる。その圧に耐えられなくなった善次が、ようやくことの次第を口にした。

「三哲さんは、白糸さんに振られやしたので」

「わざわざ女郎屋に来て、独《ひと》り寝《ね》かい」

善次は口を閉じたまま、ただ頷《うなず》く。

人気の女郎には、ひと晩に何人もの客からお呼びが掛かることも少なくないが、その全員を相手にしていたのではさすがに体が保《も》たない。見世は商売だから、やってくる客を拒《こば》むことなく入れはするものの、女郎にあまり無理をさせて体を毀《こわ》されたのでは元も子もないため、ある程度の「選《え》り好み」は黙認された。目当ての女がやってこなくとも払うべき金は払わされるとなれば、割を食うのは悶々《もんもん》としたまま朝まで孤閨《こけい》を託《かこ》つ客のほうだ。しかしながら、「女郎屋で振られて腹を立てるのは野暮《やぼ》のやること」という体面《たいめん》があるため、見世の者に苦情や嫌味《いやみ》を言うぐらいはしても、大騒ぎにはならないのが通例だった。

それでも、「女郎や見世に軽くあしらわれた」屈託《くったく》と「期待していた欲求が満たされない」鬱屈《うっくつ》が重なれば、笑って済ませられる人格者はそう多くない。翌朝には、憤然《ふんぜん》とした様子で帰っていく客の顔が見られるのも当たり前の風景なのだ。

にもかかわらず――

「で、怒りもしねえでそのまんま居続けたって？　三哲ってえなぁ、そんなに心の広《ひろ》えお方だったたってかい」

定町廻りとして三哲の人柄を知るであろう来合の疑問を含んだ問いへ、善次は答えに窮《きゅう》して口ごもった。

　横合いから室町が口を挟《はさ》む。

「こんな高そうな見世でも、女郎が相手しきれねえほどに客を宛《あて》がうのかい」

「いや、そいつぁ……」

　善次が否定しようとしてしきれずに語尾を濁《にご》す。世間体《せけんてい》を取《と》り繕《つくろ》いたいという
よりは、本当は口にしたいことがあるのに言えずにいるように見えた。

　代わって、楼主が言上《ごんじょう》してくる。

「白糸は、急に具合を悪く致しまして。それで、ご勘弁を願ったのでございま
す」

「にもかかわらず、三哲は次の日まで粘《ねば》ったって？」

「ひと晩ゆっくり休めば、体も戻るだろうからっておっしゃいまして」

　室町と主のやり取りを聞いていた来合には、奥歯に物が挟まったような言い方
に聞こえた。

　素知《そし》らぬふりをして横から口を出す。

「まあ、そいつぁとりあえずいいや――で、白糸に相手をしてもらえなかった三
哲は、独り寝で夜を明かしながらも居続けするって言い出した。それから？」

「はい。そこまで言ってくださるお客を、さすがに放っておくままにはできませんから、中食《ちゅうじき》を下げた後で白糸に挨拶に行かせました」

「相手をさせに行かせたんじゃなくって？」

「ええ、まだ体が本調子でないようでしたから。先に善次にお伺いを立てさせまして、『顔を出すだけ』ということをご承諾《しょうだく》いただいた上で白糸を向かわせましたので。白糸は、お茶を一服するほどの間だけで戻ってきましたから、ほんの二言、三言話をしただけだろうと思います」

「そいつぁ、後で当人からも訊かせてもらうけどよ――で、白糸が挨拶してる間に、妙なことにゃあ何も気づかなかったってんだな」

「妙なことと申しますと――」

楼主の確認に、善次が言葉を被《かぶ》せた。

「何もございやせんでした」

来合は楼主との話に割り込んできた善次へ視線を移してひたりと見つめる。

「お前さん、なんでそんなにはっきり言い切れるんだ？」

善次は真っ直ぐ見返すことは避けながらも、しっかりとした口調で返答してきた。

「町方のお役人がおっしゃるような妙なことが起きちゃいけねえと思いやして、白糸さんが挨拶してる間は隣の部屋に控えておりやしたので」

　一瞬だけ目を細めた来合が、空惚《そらとぼ》けて問う。

「なら、座敷の話は耳に入ったろう──二人は、何ぃ話してた？」

「……へえ。ごく当たり前のやり取りで──白糸さんが客へ詫《わ》びを言ったのを客の三哲さんが鷹揚《おうよう》に受け止めて、『体を大事にしろ』とか『俺のことは気にするな』とか、そんな言葉を掛けてたようでした」

「ふーん、そうかい」

　気がなさそうに相鎚《あいづち》を打った来合は、次の瞬間、善次を睨みつけた。

「おいお前、いい加減にしろよ」

　低い声で突然怒気《どき》を浴びせられた善次は目を白黒させる。

「白糸が三哲んとこへ顔を出してる間、お前がわざわざ隣の部屋で控えてたなぁ、何かあるかもしれねえと危ぶんだからだろうが。そこまで見世が気ぃ配らにゃあならねえような客が、手前《てめえ》を振った女郎をたぁだ穏やかに宥《なだ》めて下がらせたって？　──お前ら町方を舐《な》めてんのかい」

　善次を脅《おど》しつけ終えた来合は、息をつかせる間もなく楼主へ畳みかけた。

「おい、亭主。手前もおいらを木偶《でく》の坊《ぼう》だと思ってるようだなぁ――これでも定町廻りとして本所、深川は隅から隅まで毎日足ぃ棒《めえんち》にして歩いてるんでぇ。緑町の三哲がどんな野郎かなんて、先刻ご承知のこった。

それが、振られた女郎の口実真《ま》に受けて『ひと晩休みゃあ治るだろうからって、大人しくもうひと晩居続けを決めた』なんぞと言われて、『はいそうですか』とあっさり退《ひ》き下がると思ってんのか。

あんまり馬鹿にしやがると、見世ぇ閉めさして天井裏から縁《えん》の下《した》まで調べ上げてから、全員引《ひ》っ括《くく》ってお白洲《しらす》へ引き出してやるからな。しっかり覚悟してから返答しろよ」

「と、とんでもないことにございます。来合様を侮《あなど》っているなどと、そんなことはこれっぽっちも考えてはおりませんので」

見上げるような大男の来合が本気で怒った姿に圧倒されて、楼主は大慌てで弁解する。

声ひとつ出せない善次のほうは、己の雇い主の言葉にこくこくと頷くばかりであった。

そこへ横合いから、室町が穏やかに口を挟んできた。

「まあまあ、そんなギュウギュウに決めつけられちまったんじゃあ、言いてえことがあったって口から言葉が出てきやしめえ。お前さんもちょいと落ち着きねえ。

なあ、亭主。お前さんも商売だから見世の評判を気にすんなぁ当然のことなんだろうけどよ、ことは殺しだ。しかも悪口言われて気分を悪くする客は、そこで冷たくなっちまって、もう意趣返《いしゆがえ》しの一つもできやしねえ。ここは正直んなって、本当のところを明かしてみねえな」

絶妙な救《すく》いの声に、楼主も善次もようやく息を継ぐ。楼主はどうにか気持ちを立て直して、改めて来合へ詫びを口にした。

「町方のお役人に対して嘘《うそ》をつくとか誤魔化《ごまか》すなどという気持ちはいっさいございませんでしたが、室町様が斟酌《しんしやく》してくださいましたとおり、万が一見世に悪い評判が立ってはと、そのことばかりに気を取られてしまいました。お役目の邪魔をするつもりはなかったとは申せ、不調法《ぶちようほう》を致しました。どうか、ご勘弁くださいまし」

深々と頭を下げる二人へ、来合は口調を普段どおりに戻して告げる。

「フン、まあいいや――で、ホントのところはどうなんでえ。三哲がなんで白糸に振られても次の日まで居残ったのか、挨拶に顔ぉ出した白糸とどんなことぉ話したのか、腹蔵《ふくぞう》のねえところを聞かしてもらおうかい」

一度やり込められた楼主は、今度はさすがに素直になって内実を吐露《とろ》し始めた。

「はい。まずは昨日、三哲様がお客としていらしたところからですが、このところ三哲様は白糸にご執心でして、『お前の間夫《まぶ》になってやる』としつこく言い寄ってきては白糸を困らせておりまして」

「客に惚《ほ》れさしてその気にさせんのも、女郎の商売のうちじゃあねえのかい」

「確かにそのとおりではございますが、それは客として見世に登楼《あが》ってくだすっている間だけのこと。いかにお客と女郎の間とは申せ、心まで縛《しば》ることはできぬものにございます」

綺麗《きれい》ごとを、とは思いながらも訊くべきことを優先する。

「見世に知られるようにそんな言い方をしてたんなら、三哲は白糸を身請《みう》けするつもりじゃあなかったのかね」

口を挟んできた室町を向いて、楼主は返答した。

「そういうお話も出ておりましたが、白糸は嫌っておりました」

来合がつなぐ。

「昨晩急に体の具合が悪くなったってえのは」

「……三哲様のところへ行かないための作りごとでした」

覚えた疑問がそのまま口から出る。

「いくら何でも、女郎屋の主が抱えてる女にさせるこっちゃねえように思えるけどな」

「来合様のおっしゃるとおり。手前どもの商売を考えれば、通常ならあってはならないことにございます」

楼主や奉公人が、人殺しがあったにもかかわらず町方役人に曖昧《あいまい》なもの言いをした理由の一端が明らかになった。

こんな話が表に出たら客は寄りつかなくなりかねないし、第一それ以前の問題として、この見世にいる他の女郎に対し示しがつかない。なんでそんなことをしたのかはともかく、見世としては口を閉ざしていたくもなるだろう。

「通常ならってえと、こたびは通常じゃあなかったってことかい」

はい、とだけ答えた楼主は、わずかに間を置いてから続きを話した。

「三哲様には、いろいろと風評がございまして」

「ああ、おいらも本所、深川を預《あず》かる定町廻りだ。三哲の為人《ひととなり》はそれなりに耳にしてる」

そう応じた来合を、室町が見る。

臨時廻りの室町は来合が非番の日など代わりに市中巡回をすることもあれば、もともと経験の豊富さから今のお役に就《つ》いている人物でもあって、悪名高い三哲についてなら多少以上のことを知っているはずだ。

それでも、自分より詳しい者から確かなところを聞いておきたいと思ったということであろう。ならば、先達《せんだつ》の要望に応《こた》えるまでだ。

「金貸しで評判が悪いってとこからだいたい想像はつくでしょうけど、どうにも因業《いんごう》な野郎で。借りた金が返せねえとなったら、手荒い連中使って家財いっさいどころか、今身に付けてる下帯《したおび》までひっくるめて全部剝《は》ぎ取ってくような取り立てをさせてます。

そんな噂はすぐに広まりますけど、それでも他に貸してくれるところがねえとなりゃあ、仕方なしに借りにいくような者も後を絶ちませんで――で、酷《ひで》え取り立てが日常茶飯《にちじょうさはん》で行われてるって言ってもいいぐれえな有り様で」

来合が室町へ告げた言葉を耳にして、楼主も頷いた。

「そういうお人ですから、女郎の扱いがどのようなものかもお察しいただけるかと――そりゃあ、下手《へた》なことをすれば余計な金を払わなきゃならなくなる上に、見世に登楼るのも断られることになりますから、乱暴なことはなさいませんでしたけど、女郎を人とは見ていないような様子が端々《はしばし》から感じ取れまして。まあ相手をした女から好かれるということは、ほぼなかったように思います」

「金を貸してた相手のことも、ただ金儲《かねもう》けの道具くらいにしか見てなかった野郎だ。女郎にそんな態度を取ったと聞いても不思議はねえな」

三哲に関する楼主の人物評へ、来合はそう相鎚を打った。

その言葉に勢いを得たのか、楼主はそれまでの逡巡《しゅんじゅん》が嘘であったかのように三哲の醜行《しゅうこう》をはっきりと口にしてきた。

「先ほど、来合様へ善次が『三哲様は冬の初めごろまではこの見世の馴染みではなかった』と申し上げましたな。実は以前は、三哲様は他の見世の女郎へ入れあげていたのですよ。三哲様は、その女にも『俺が間夫になってやる』と言い寄り、そこの見世との間で身請けの話もだいぶ進んでいたそうでして。

ところが、うちの白糸を知ったとたんに、向こうの見世には足も向けなくなったようにございます。これまで入れあげていた女郎に見向きもしなくなったばかりでなく、身請けの話もまるでなかったかのようなお振る舞いだそうで。

そればかりではございません。先の女郎に入れあげていたときも、その後に白糸へ言い寄っている間も、この櫓下ばかりでなく深川の様々な岡場所にていろいろと浮き名を流していらっしゃるらしく――お金を払ってくださるお客ですから全く相手にしないなどということはできませんが、白糸にせよ手前にせよ、あのお人の言うことを本気にしない理由はお判りいただけたかと」

言いようは伝聞だが、同じ深川の同業者についての話だ。実際には確かなところをしっかりと押さえた上でのもの言いのはずだった。

「女郎たちの間じゃあ、あの男のことは『今意休《いまいきゆう》』で通ってるそうで」

奉公先の主の言葉の後に、善次はポツリとそう付け加えた。

「髭《ひげ》の意休かい……」

来合は顔を顰《しか》めながら独りごちる。

意休、あるいは髭の意休とは、歌舞伎芝居の敵役《かたきやく》の名前である。主人公との関係性は別にしても、間夫のいる遊女へ強引に言い寄るばかりでなく、他の遊女にも様々に手を出すような、好色で嫌味な男として描かれている。

その名を冠せられた三哲が女郎たちからどのような目で見られていたかは明ら

かだが、当人の人間性を知る来合からしても「まあ、当然の扱いだろうな」としか思いようがなかった。

三

来合は、息を一つついて聞き取りに意識を向け直した。視線を善次へと移す。

「まあ、三哲がここいらでやってたことは判った――じゃあ、白糸がその三哲へ挨拶に行ったときに、隣の部屋にいたお前さんが耳にしたことぉ話してもらおうかい」

善次のほうもすでに隠し立てをするつもりはないようで、すらすらと話し出した。

「へい。詫びを言いに顔を出した白糸さんに、三哲さんは散々《さんざ》嫌味を並べ立てておりやした。白糸さんは何を言われても受け流しておりやしたが……」

「嫌味ってなぁ、どんな？」

「金で買われる身でとか、こんなまねをしてよく面《つら》を出せたなとか、そんな話で」

おそらくは感情を押し殺しているのであろう善次が淡々と答えたのに対し、来合は内心で顔を蹙めた。

「間夫になろうって言い寄ってる相手にそれかい」

へえ、とのみ応じた善次の態度を見ると、三哲はいつもそんな様子だったのかもしれない。あるいは——

「内心じゃ、もう白糸のこたぁ半分方諦《あきら》めてたのかもしれねえな」

何気ない呟《つぶや》きに善次が反応した。

「そういやあ白糸さんの立ち去り際に三哲さん、どんな言い回しだったかまではっきり憶えちゃいませんけど、『もうお前じゃなくったっていいんだ』みてえなことを吐き捨ててましたけど」

「そんで、白糸は相手にせずに座敷を出たか」

「へえ。構ってたって仕方がねえですから」

ふと思いついた来合が、別な問いを挟む。

「白糸に、ホントは別に間夫がいるなんてことは？」

「いいえ、そんな野郎はいねえはずです」

「嘘じゃあるめえな」

睨みつけた来合に、善次も楼主もコクコクと頷いた。

女郎が間夫を作ることを、原則的に女郎屋は嫌う。女のほうが本気になれば他の客の扱いが雑になるし、噂が広まれば人気が落ちて売り上げが減るからだ。

間夫ができてしまったら別れさせようと説得はしても、聞き入れなければ商売に手を抜くことなどないよう気を配りながらも、やむをえずそのままにしておくだろう。しかしこたびのようなことが起きたら、水を向けてきた来合へ「これをきっかけに別《き》れてくれれば好都合」とばかりに「こいつが怪しいかも」と告げ口してくるのが当然なのである。

見世が間夫を歓迎するとすれば、三哲がやろうとしたように「身請けする」と見世へも宣告して、金銭面で十二分の補償を約束する場合ぐらいであろう。まあ、どうやら三哲にそんな誠意はなかったようだが。

見世が庇《かば》い立《だ》てしたくなるほどのお大尽《だいじん》が白糸についているということもあり得なくはないが、来合に散々脅しつけられたばかりであるし、殺しが絡んでいるともなればさすがに町方の心証《しんしょう》を悪くするような虚言《きょげん》は吐くまい。嘘がバレれば、庇おうとしたお大尽に却《かえ》って大きな迷惑を掛けることになりかねないのであるから。

いちおう納得した来合は、とりあえず追及をやめた。

「それから、その後は」

三哲の屍体が見つかるまでのその後の経緯《いきさつ》を促した来合に、今度は楼主が返事をした。

「三哲様は、ご自分でおっしゃっていたようにその後も部屋からはお出になりませんでした。で、夕刻になりましたのでさすがに放っておくわけにもいかず、もう一度白糸を向かわせましたので」

「今度はきちんと相手させるつもりでかい」

「当人は気の進まぬ様子でしたが、相手はお客でございますし」

「それで、こんなんなってる三哲を白糸が見つけたと」

「座敷へ向かってすぐに白糸の悲鳴が上がりましたので、駆けつけてみたところがこの有り様で」

「昼飯後に詫びぃ入れるときは先にこの善次を向かわせたってこったが、夕刻にゃあそれをしなかったのかね」

「詫びやお断りではございませんでしたので」

「それでも、詫びに行ったときのこともありましたんで、気ぃつけるようにゃあしてたんですけど。だから白糸さんの声が上がったとき、すぐに向かうことができました」

横から、善次が楼主の話に付け加えた。

まあ、相手を怒らせていることでもあるし、女郎が部屋へ入った後にやることを考えれば、直前にむさ苦しい野郎が顔を出しても興醒《きょうざ》めさせるだけだろうという気遣いは得心《とくしん》できた。

「今日、白糸がこの部屋へ入った二度の間で、他に中へ入った者はいねえのかい」

「これから確かめてみますが、白糸が詫びに行く前、中食の膳を下げに入った者が三哲様より『白糸以外の余計な者はよこすな』と言われておりましたので。手前どもから部屋へやった者はおりません」

「お前さん方が駆けつけたときにゃあ、部屋ん中はこの有り様だったと」

「入《はい》り口《くち》で白糸さんが腰を抜かしてた以外は、そのとおりで。三哲さんに声を掛けて息があるかどうか確かめはしましたけど、それ以外は何も動かしちゃおりやせん」

善次の言葉へ楼主が何も言わないのは、同意しているということだ。

来合は連れの室町をちらりと見たが、こちらも口を開かなかった。つまりは、今のところもう二人に訊くべき疑点《ぎてん》は残っていないということになる。ならば、次にやるべきことは決まっている。

「じゃあ、肝心の白糸から話を聞こうかい」

来合の意向を受けて、楼主が先に立って案内しようとする。先に出た室町に続こうとした来合は、ふと思い立ったように足を止め、同行しようとした善次を振り返った。

「ああ、お前さんはそこの伊助と一緒に、この部屋へ余計な者が近づかねぇように張り番しててくれるか」

死人の横たわる部屋に囲っ引きと二人で残されることへ抵抗を覚えなかったわけではないだろうが、お役人からの命である。

楼主に目で問うても、見世の者がこの場に残ることで避けられる騒ぎもあろうことから異論は口にされなかったし、善次は気が進まないながらも来合の指示に従うことにした。

そうして廊下をしばらく歩いた来合は、今度は先に立つ楼主を呼び止めた。

「そういや、白糸は死人さんを見て腰ぃ抜かしたって言ってたなぁ――じゃあお前さん、先に行って白糸が落ち着いたかどうか見てきちゃくれねえか。おいらたちゃあここいらで待ってるから、大丈夫そうなら呼びにきてくんねえ」

　来合から示されたのはありがたい配慮ではある。楼主は承諾して、白糸を休ませている内証《ないしょう》（遊郭《ゆうかく》などでは楼主の居間や帳場《ちょうば》のこと）のほうへ独り先行することにした。


　二人だけで女郎屋の廊下に残る格好になった室町は、近くに聞き耳を立てる者がいないことを確かめてから来合に語り掛けた。

「お前さんも、段々とそれらしくなってきたようだねえ」

「え、何のこってす。急にどうしました」

　気を張る現場で関わりのなさそうなことを突然言われた来合は戸惑った。

「以前のとおりの猪武者《いのししむしゃ》だったお前さんなら、訊きてえことにどこまでも真っ直ぐ突っ込んでったろうに、今度《こたび》ゃあ二度まで我慢できたからよ」

　室町が言っているのは、殺しのあった部屋に入ってすぐ、「三哲のことをよく知っているのか」との問いへの善次の答えが一拍空いたときと、振られた翌日も三哲が居続けをするという妙な行動を取ったことへの楼主の返答が不審《ふしん》を覚えさせるようなものだったことの二度、すぐに追及せずにいったん流した聞き取りのやり方についてだった。

覚えた不審に脇目も振らず真っ直ぐ突っ込んでいったなら、言《げん》を左右にして誤魔化されていたかもしれない。来合は素知らぬふりをして別な問いを発しながら徐々に言質《げんち》を取り、言い逃れができぬようにしてから核心へ迫っていったのだ。

「先達の教えがよろしいもんで」

珍しく真っ直ぐ褒《ほ》められたことに照れた来合がそう返した。

「で、どう見た」

口調を改めて真面目《まじめ》に問うてきた室町へ、来合も表情を引き締めながら己の考えを口にする。

「三哲は夜具ん中で横になったまんま刺されたように見えました。搔巻が体から半分撥《は》ね除《の》けられてたなぁ、刺されたことで苦しがって自分でやったように見えねえこともねえですけど、それじゃあ刺したほうはどう犯《や》ったかってことになります」

「つまりゃあ、夜具の外からじゃなくって同衾してた相手が三哲を刺したから死人さんはあんな格好だったし、刺した者が急いで抜け出そうとしたんで搔巻は半分捲《めく》れるようんなったと」

「はい――そんで、死人さんの格好からして横向きに、刺したほうと向かい合って寝てたんだろうと思えますし、着物があんまり乱れてねえことなんぞからしても、二人して横んなってほどなく刺されちまったんじゃねえでしょうかね」

来合の推測に室町は頷いた。

「その辺りの見立てはおいらもおんなしだ」

先達の考えと違っていなかったことに、来合はほっとする。

「じゃあ、やはり殺《や》ったなぁ白糸」

「ちょいと妙だと思えちまうとこも残ってるがな――夕刻に二度目の顔出しをして騒ぎんなったときゃあ、もう死人さんは冷たくなってたようだから、殺ったなあそんときじゃねえ」

室町の判断の根拠が、白糸が二度目に向かってから悲鳴が上がるまでときがなかったという以外に、もう一つあるということだ。

来合とともに到着したときには三哲の屍体がすでにかなり強張《こわば》っていた（死後硬直）のである。いくら真冬で寒さが厳しいとはいえ、夕刻に白糸が刺し殺したにしては強張りが出るのが早すぎた。

室町が続ける。

「そうだとして、三哲の昼飯後に詫びのため顔ぉ出したってえ一度目のときかってことんなると、善次が襖一枚隔てたそばで中の様子を窺《うかが》ってたのにそんなことができたかってえのは、首ぃ拈《ひね》らせられるとこだな。善次が嘘ぉついてるのか、あるいはその二回の間に、見世の者に気づかれねえように白糸が三哲の座敷に忍び入ったのか……」

「そいつも、これから当人に訊きゃあ判るでしょうよ」

「まあ、そうだな。当人とご対面もしねえうちに決めつけんなぁ確かに早計だな」

来合の意見を室町があっさり認めたところで、楼主が二人を呼びにきた。

楼主に応じて表情を変えることなく再び足を進め始めた二人は、こたびの一件で一番の勘どころとなりそうな尋問を前にして、密《ひそ》かに気合いを入れ直していた。

四

深川櫓下『喜の字屋』での一件は、陽《ひ》が暮れるころになってようやく町方が到着したにもかかわらず、その日のうちに簡単に片がついた。

来合と室町から事情を聞かれた女郎の白糸が、「己が刺した」とあっさり認めたからだった。

白糸は来合に命じられた岡っ引き伊助からお縄を受け、茅場町《かやばちょう》の大番屋へと引っ立てられた。

なお大番屋とは、各町に置かれた番屋（自身番《じしんばん》）とは別に、一定期間拘留《こうりゅう》可能な仮牢《かりろう》も備えられた取り調べのための施設だ。

定町廻りや臨時廻りとしての仕事はここまでで、以後白糸の身柄は吟味方《ぎんみかた》に引き渡されて本格的な調べが行われることになる。

翌日。本来ならば今日も市中見回りに出ているはずの来合は、なぜか己の勤める北の御番所（北町奉行所）で御用部屋《ごようべや》に顔を出していた。

ここは奉行所の中でもかなり広い部類の部屋で、屏風《びようぶ》で仕切った奥の一画が奉行の執務場所になっているのだが、午前《ひるまえ》の今、その奉行はまだお城に上がったまま戻ってはいなかった。

「よう」

ぬっと現れた来合は、御用部屋でも手前のほうの文机《ふづくえ》を前に座る男へ気軽に声を掛けた。呼び掛けられた相手は、大柄な来合とは違って背丈《せたけ》も身幅《みはば》もごく当たり前。いくぶんか痩《や》せ気味といえるほどではあるが、歳は同じくらいに見える。

用部屋手附同心《ようべやてつきどうしん》の裄沢広二郎であった。来合とは家も近所で通った剣術道場も一緒という、竹馬《ちくば》の友《とも》なのだ——もっとも、二人に面と向かってそんなことを言えば「ただの腐《くさ》れ縁《えん》だ」とでも吐き捨てられるであろうが。

御用部屋は、現代的な言い方をすれば町奉行の執務室で、奉行の秘書官である内与力《うちよりき》とその下僚《かりよう》である用部屋手附同心、合わせて十人以上が同じ部屋で仕事をしている。用部屋手附同心の主な仕事は、町奉行の仕事ほぼ全てに関わる内与力の補佐として、各種文書の草案作成や案件の下調べを行うことなどである。

書付に目を通しながら筆を手に取ろうとしていた裄沢は、部屋に踏み込んできた相手を見上げて眉《まゆ》を寄せた。

「なんだ、定町廻りが巡回もせずにこんなところで何油売ってる」

「見回りなら今日は室町さんに代わってもらった」

ぞんざいな応対を受けたのを気にかけるでもなく、来合は裄沢の前でどっかりと胡坐《あぐら》をかいた。

「珍しく手柄を挙げたからって、有頂天《うちょうてん》になって自慢話でもしにきたか」

面と向かって嫌味に聞こえる言葉を言い放った裄沢に、気分を害した様子もなく来合は平然と言い返した。

「おう。こんなとこに閉じ籠もって、せせこましく紙っペラいじくり回してるような野郎にゃご縁《えん》のねえ話だろうけどよ」

そばで仕事をしている裄沢の同僚が苦笑しているが、来合は気にする素振《そぶ》りもない。

定町廻りを含むいわゆる三廻《さんまわ》り（治安維持や犯罪捜査に携《たずさ》わる定町廻り、臨時廻り、隠密廻《おんみつまわ》りの総称）は組織上、与力の指揮下になく奉行直属であることから御用部屋への出入りが多く、用部屋手附同心らとの付き合いも深いが、それでも普通ならば顔を蹙められて当たり前のところを聞き流してもらえるのは、この男の人徳と言えようか。

御用部屋を取り仕切る内与力がいればさすがに睨まれたであろうが、少なくとも一人は部屋に残っているはずなのに、なぜかこのときは来合と入れ違うように最後の一人が席をはずしてしまっていたのだった。

来合の言いように裄沢はフンと鼻息一つで応じた。目は手許の書付に落としたまま、己の前に座った相手を見ようともしない。

そんな裄沢の様子に気後れするでもなく、来合は気安く問いを発した。

「なあ、入牢証文《じゆろうしようもん》はもう出たのかい」

罪を犯した疑いがあるとして大番屋に送られた者の中で、裁きを受けさせるべきと判断された咎人《とがにん》は小伝馬町《こでんまちよう》の牢屋敷へ移送されるのだが、そうするためには定められた手続きがある。与力や同心がいくら口頭で願っても牢屋敷への収監《しゆうかん》はなされず、必ず奉行所発行の入牢証文が必要となっているのだ。

町奉行所において、この入牢証文を発行するのが用部屋手附同心だった。

来合の問いに、裄沢はようやく相手へ目をやった。

「まだだが。けど、今日中にも吟味方から言ってくるだろ」

大番屋での調べは慎重に行われ、捕らわれた当人ばかりでなく一件の関係者も多数呼ばれて事情を聞かれるため、牢屋敷へ送られるまでは短くとも数日掛かるのが当たり前だ。しかし今回の場合は当人の自白があると聞いていることから、さほどのときは要さないものと判断したのだ。

「そうかい……」

裄沢はあらぬほうへ目をやっている幼馴染みをちらりと見た。来合は、いつになく気の抜けたような顔をしている。

裄沢は再び書付に目を落とし、筆で何か書き込みながら、ぶっきらぼうに告げた。

「言ってみろ」

「あん？」

「自慢話をしたいんだろ。聞いてやるから話してみろって言ってんだよ」

「……それが、人の話を聞く態度か？」

「どうせ碌《ろく》でもねえ誇張混じりの大法螺《おおぼら》吹かすんだろ。そんなモンに手ぇ止めて聞き入ってたら、こっちがお奉行からお叱《しか》りを受けるわ」

「へん、悔しいからって負け惜しみ言いやがって——ああ、おいらがどれほどの腕の冴《さ》えを見したのか、耳ぃかっぽじってよぉく拝聴しやがれ」

そう言い放った来合は、切った啖呵《たんか》とは裏腹に、昨日の捕り物話を正確さを心掛けながら淡々と語った。

「――で、おいらと室町さんは当の白糸んとこへ行って向かい合ったわけだ。白糸も最初は強情に『知らぬ存ぜぬ』で何とか通そうとしてたけど、『ならお前の親兄弟から間夫からみんな呼び出して、洗いざらい調べてみることんなる』と話の流れで何気なく口にしたとたん、あっさり『自分がやった』と認めやがったのさ」

気を利かせた見習い同心から途中で渡された湯呑《ゆのみ》を手に、来合は話を締め括った。

実のところ、自分がやったと白糸が白状するまでは、来合も室町も白糸は無罪《シロ》だという印象を持っていた。「これは長い探索になりそうだ」と内心溜息《ためいき》をついた来合が聞き取りを切り上げる前に何の気なしに口にした言葉で、白糸があっさり前言を翻《ひるがえ》した態度に町方二人は呆気《あっけ》にとられたのだった。

適当に聞き流しているとしか思えぬ様子で手許の書付へ目を通したり何やら書き込んだりしていた裄沢は、来合の話が終わると眉間《みけん》に縦皺《たてじわ》を寄せた顔を上げた。

「そんだけか」

「え？」

「話はそんだけかって訊いてる」

「ああ。詳しく話せってえならもっとじっくり話せるけど、大事なとこはこんなもんだ」

それまで気のない素振りで自分の仕事を続けていた衍沢が、きょとんとしている来合から目を離さなくなった。

「返り血は？」

指摘された来合は相手の言いたいことをすぐに察する。

「ああ、三哲を刺したなら返り血を浴びてるはずだってこったろ――けど、白糸の着てる物にそんな跡はなかったな。楼主や奉公人の話でも、白糸は今朝から着替えちゃいねえってことだったし、白糸ん部屋《とこ》も他の部屋も、手先や小者に見世中きっちり調べさせたけど、どっからも胡乱《うろん》な血が付いたような布っきれ一枚出てきやしなかった」

「けど、人が死ぬほどの深手《ふかで》を負わされて、敷き蒲団の下にまで染み通るほどの血が流れてたんだろ。それが小さな沁《し》み一つ分の返り血も浴びてねえってなぁ妙じゃないのか」

「おいらも室町さんもそこんとこは気になったんで見世中調べさせたわけだけど、偶々《たまたま》付かなかったってことがねえとまでは言えねえ」

「死人さんの刺し傷に刃物は残されちゃいなかったんだよな」

深く刺した傷口から刃物を抜けば、どうしたって血が飛び散るものだ。

「そんでも、たとえばあんまり血の出ねえような刺し方が偶々できた上に、白糸が飛び退《の》いたときゃあ上手《うま》く返り血を避けた格好んなって、その後三哲があまりの痛みで身を捩《よじ》ったときに、傷つけられてた血管《ちくだ》が大きく破れちまったってことだってあり得るしな」

ずいぶん偶然が重なったという言い分だ。来合が眉を顰《ひそ》めたのは裄沢の追及をしつこいと思ったからではなく、「痛いところを衝《つ》かれた」と感じたためかもしれない。

それでも、殺しの場に立ち会った経験も浅からぬ室町まで白糸にお縄をかけることに同意したのは、他に手を下した者がいるとは考えられなかったためだろう。

裄沢も来合の言い分を完全に否定することはできずに、返り血についての追究はやめた。しかし、問うこと自体を終えようとはしなかった。

「なら、白糸は刃物をどうした。そいつはもう見つかってるのかい」

「最初白糸は、夕刻んなって三哲の相手をしに嫌々ながらも行ったとき刺したって話したんだがよ、おいらたちに『それにしちゃあいくら何でも、三哲の冷たくなるのが早すぎる』って突っ込まれて、午過ぎの挨拶と夕刻向かったときとの間に、みんなの隙を見て三哲の座敷へ行ったたって言い分を変えた。

刃物はそんときに、見世の裏の堀川へ投げ捨てたって言ってるよ——今朝から伊助の子分どもに探させてるけど、まだ見つかったって報《しら》せはきてねえがな」

「なんで、白糸はそこまでのことをしたって言ってるんだ」

「どうにも助平《すけべ》ったらしい三哲が嫌だったんだとよ」

「そんなことで女郎が客を刺し殺すってか」

「当人がそう言ってんだから仕方《しゃあ》あんめえよ——それとも何かい、白糸は手前でやってもいねえ殺しを白状したとでも言いてえのかい。もしそうなら、それこそなんで命懸けでそんなマネしたってんだ」

来合の言葉が喧嘩腰《けんかごし》なのは、裄沢の言いようへの反発もあろうが、何よりも自身が漠然《ばくぜん》と感じているこたびの一件の不可解さへ、得《え》も言われぬ苛立《いらだ》ちを覚えていることが大きかろう。

もともと、市中巡回をわざわざ臨時廻りの室町に代わってもらってまでこんなところへやってきたのは、自分が召し捕った殺しの下手人《げしゅにん》にどこか確信の持てないところがあったため、牢屋敷へ送られてしまったのかどうかが気になって仕方がなかったのだと思われた。

ろくな理由がないにもかかわらず、市中巡回を代わってやることを室町があっさり承諾したのも、室町のほうにもどこか釈然《しゃくぜん》としない思いが残っていたからに違いない。

来合の反論にしばらく考え込んだ裄沢は、文机へ目を落としたままぽつりと言った。

「白糸には、三哲に言い寄られる前から間夫がいたんだよな」

自分はそんなことを口にしただろうかと思いながらも来合が答える。

「いや、楼主や奉公人は、そんな野郎はいなかったはずだって言ってる」

「その言い方だと、ホントはどうだか調べちゃいないのか」

「白糸があっさり白状《ゲロ》したし、間夫がいたなら見世が知らねえたぁ思えねえからな」

先に述べたように、見世は女郎に間夫ができることを嫌う。客以外で女郎が男と会う機会があるのは同じ見世の奉公人ぐらいのものだから、しっかり気をつけている見世が長いこと気づかぬということはまずあり得ない。

納得せぬ顔の裄沢に、来合《や》はいささかムキになった。

「まさか、白糸の間夫が殺ったなんて言うんじゃあるめえな。返り血のことがあったから客のほうだっていちおうは全部調べたんだ。昼の席だったから仲間連れの宴会がほとんどで、怪しい野郎は一人もいやしなかったぜ」

「いや、死に様からして、同衾しようとした相手に刺されたってんだろう。死人さんに男色のほうの趣味もあったなら別だが、白糸の間夫にせよ他の部屋の客にせよ、野郎が手に掛けたたぁ俺も思っちゃいないさ」

裄沢は、ふと思いついたことがあるように別な問いを口にする。

「轟次郎が『家族も間夫も呼んで調べなきゃならねえ』って口にしたとたんに白状したっていうなら、自分はやってなくともそうした誰かがやったんだと思い込んで、身代わりになろうとしたってことは？」

「いや、それならおいらたちが話ぃ聞きにいったとたんに手前がやったって言ってなきゃおかしいだろ。どうせ白糸がお縄んなりゃあ、家族も、ホントにいるなら間夫だって、お白洲はともかく大番屋にゃあ呼び出されていろいろ聞かれることんなるなぁ、最初《はな》っから判ってんだからな。

こっちから言われるまでそんなことにも気が回らねえような愚図《ぐず》な女にゃあ見えなかったし、なにより、もしそんな行く立て《ゆ た》(ものごとのなりゆき、経緯)だったら、おいらはともかく室町さんほど経験《かず》を重ねた捕り物巧者《こうしゃ》が白糸の嘘に気づかねえはずがねえ」

本当の下手人を庇おうとして近親者が嘘の自白をするというのは有りがちな話だから、経験豊富な捕り方が簡単に騙《だま》されるようなことはない。来合の反論に裄沢も頷いた。

「うん、確かにそうか——じゃあ、下手人を庇ってるんじゃあなくって、隠してる間夫が捜《さが》し出されて呼びつけられんのが困るってことなら……」

勝手に物思いに沈み込んだ裄沢を、来合が突《つつ》く。

「さっきも言ったように、周りが知らねえ間夫がいるたぁ思えねえ——それとも何かい、見世が後難《こうなん》を怖れて隠し立てしたくなるほどおっかねえ野郎がいて、そいつが白糸の間夫だとでも?」

そんな者がいるとすれば、どれほど見世が隠そうとしても周囲に噂ぐらいは流れていよう。後ろ暗い活計《たずき》のほうから取り締まる側の気を惹《ひ》いているはずで、ところの岡っ引きである伊助が知らないということはまずあり得ない。

「必ずしもそうとは限らない。見世が間夫に気づくってのはそれだけ逢瀬《おうせ》の数を重ねてるからだろうけど、男女の仲だ、間を空けてほんの数回しか会ってなくとも惚れちまったってことだってあるはずだ——白糸の浮《うわ》ついた様子で『間夫がいるかも』と見世が疑ってなかったとこからすると、むしろ白糸は自分の心の中だけで密かに想ってたって話ならありそうじゃないか」

「どんな相手だい、そりゃ」

「女込《スケこ》ましが手練手管《てれんてくだ》で、っていうのにゃあ見世も気をつけてようし、そういう男なら畳み込んで一気に片をつけようとするだろうから違ってそうだけど、相手が真っ当な堅気《かたぎ》ならどうだろうか。

　たとえば、呉服屋みたいな堅い商いやってる見世の手代だとか、大藩や大身旗本お出入りの職人の弟子だとかがそうだったとすると、女郎の間夫として町方から呼び出されたってだけで当人の信用に関わりかねねえしな」

「……しかし、もしそんな野郎なら捕まえようかどうかって話になるわけじゃねえのに、手前の命に替えてまで守ろうとするかね」

「そういう相手なら、女郎のとこへ通ってたって知られるだけで一生をフイにすることになるかもしれない——自分が女郎だからこその一途《いちず》な思いってえヤツを、軽くは見られないんじゃないか。心底惚《ほ》れた間夫だっていうなら、それこそ『あり得ねえ』とは言い切れないように思えるんだが」

裄沢は、「偶々返り血を全く浴びなかったということも全くあり得ないとは言えない」との来合の主張を、そのまま反論に使った。

来合は腕を組んで考え込んでしまう。

当人は無意識だったろうが、断りもなく文机に置かれたがために書付を下に敷いた湯呑へ目をやりながら、裄沢は問うた。

「他の客に怪しい者はいなかったって話だが、客以外に不審な者の出入りや妙な動きをした奉公人もいなかったのかい」

来合は裄沢を見やりながら、自分に言い聞かせるような口調で返答してきた。

「いろいろと聞き回った中じゃあ、そんな話ゃあ一つも出なかったな——第一誰がやったにせよ、返り血の付いた着物なんぞどっからも出てきちゃいねえし、当然身に着《つ》けたままの者もいなかった」

裄沢は、お手上げだと宙を見上げた。

「なら、見世に出入りしても誰も気にしないし、こんな騒動になっても誰も思い起こさないような女でもいたんじゃないか」

「そんな幽霊みてえな……」

桁沢はひたりと来合を見つめる。

「お前、気になって仕方がないんだろ。なら、ありそうもなくったって、いちおう調べてみるしかねえじゃねえか」

桁沢は文机に置かれた湯呑を取り上げて来合に押しつけると、もう関心はなくなったとばかりに書付へ向き直った。

自分を無視して仕事に集中しだした幼馴染みを、来合は見やる。

――広二郎だって、「そんな幽霊みてえな女が必ずいるはずだ」なんて考《かんげ》えてるわけじゃねえ。

要は、どうしても気になるなら得心できるまでトコトン調べてみろということだ。ようやく己のなすべきことを見つけた思いの来合は、自身に気合いを入れ直した。

「付き合ってくれてありがとよ。じゃあ、行くわ」

ああ、と生返事をよこしただけで見向きもしない桁沢をその場に残し、立ち上がろうとした来合は、ちょうど襖を開けたところだった人物の意外さに中腰のまま一瞬動きを止めた。

「甲斐原《かいばら》様……」

突っ立ったまま部屋の中を見回した男は、吟味方与力の甲斐原之里《ゆきさと》だった。

町方の同心皆の目指す先が三廻りだとすれば、与力の憬《あこが》れが集まるお役は吟味方である。

町奉行所でも数多い人員が配置されている吟味方では、与力が本役、助役《すけやく》、見習いと三段階に分かれているが、甲斐原は来合たちとさほど変わらぬ歳であるのにすでに吟味方本役に任じられている俊英だ。

確かに入牢証文は吟味方から御用部屋へ要請される物だが、そんな使いは同心かせいぜい見習い与力のやることである。奉行に呼ばれたわけでもないのに甲斐原がこんなところへ顔を出すのは、あまり目にしないことなのだ。

「何かご用がおありでしたか」

来合の呟きで来訪者の存在を知った裄沢が、立ち上がりながら声を掛けた。

甲斐原は真っ直ぐ見返してくる。

「いや、いい。もう済んだ」

「はあ、そうですか」

不得要領《ふとくようりよう》でも、上役にあたる相手がそう言うなら突き詰めることもできない。

再び座りかけた裄沢へ、甲斐原が尋ねてきた。

「お前さんは確か、裄沢広二郎だったよな」

「はい、裄沢です」

立ち上がり直して裄沢が返答する。

「そうか——いや、何でもねえんだ。仕事の手ぇ止めさして悪かったな。気にしねえでそのまんま続けてくんねえ」

奉行所の与力同心がみんな「べらんめえ」口調で話すわけではないが、悪党を含む庶民と対等に渡り合わねばならない三廻り以外だと、咎人を自白に追い込めるかどうかギリギリのところでせめぎ合う吟味方の言葉遣いが似たようなものになる。特にお白洲で凶悪犯と直接対峙《たいじ》する本役与力がその気になったときは、知らぬ者が聞いたら驚くほどに口ぶりは荒っぽい。

そのまま何ごともなかったように去っていく甲斐原の後ろ姿を見送った二人は、「いったい何が起こったのだ」と疑問の表情を浮かべた顔を見合わせた。

五

わざわざ来合がやってきたことで裄沢も気になってしまっていたのだが、白糸の入牢証文は翌日も翌々日も要請されてはこなかった。とはいえ奉行所内で探りを入れるほど自分に関わりのあることではなし、そのうち進展があるだろうと放ったまま自身の仕事に専念していた。

一日の勤めを終えた裄沢が帰り支度を済ませて奉行所の表門のほうへ足を向けると、後ろから自分の名を呼び掛けてくる声がした。

あまり聞き憶えのない声に誰だろうかと振り返ってみると、吟味方与力の甲斐原が供を連れて歩いてくるところだった。

「これは甲斐原様。今お帰りですか」

「おうよ。お前さん、これからどっか寄るとこでもあるかい」

「いえ、それがしは家へ戻るだけですが」

「なら、一緒に行こうか」

町方の与力同心の住まいは、ほとんどが八丁堀《はっちょうぼり》に集まっている。つまり、帰り道は家の近くまで一緒ということになる。

はあ、と曖昧な返事をした裄沢は甲斐原の供につこうとした。

ところが甲斐原は、裄沢に並びかけてくる。

「お前さんが定町廻りの来合と話してた『喜の字屋』の一件だがよ」

どういう風の吹き回しだと混乱する裄沢へ、甲斐原は世間話のように語り掛けてきた。

これは「自分のお役以外のことへ無闇《むやみ》に首を突っ込むな」というお叱りか、と裄沢が覚悟を決めていると、甲斐原は話しぶりを変えることなく続きを口にしてきた。

「お前さんの見込みどおりだったぜ」

思いもしなかったことを言われた裄沢は、「それがしの見込みですか」としか応じることができない。

甲斐原は足を進めながら機嫌よく語る。

「ああよ。まずは白糸の間夫のこったが、そのまんまお前さんの言うとおり、そこそこ大きな呉服屋の手代だった。見世じゃあ結構可愛がられてるらしいや。白糸たぁ幼馴染みだそうだが、職人だった白糸の親父が病に倒れて、後《あた》ぁ暮らしに困って金ぇ借りたけど、返せねえで娘が女郎に売られてくってえ、どこにでも転がってる話だ。

運よく呉服屋に奉公できたその男のほうだが、どうにも白糸のことが忘れられねえで、いっぺんだけってこって仲間から借金してまで金ぇ集めて『喜の字屋』へ登楼《あが》ったらしい。ところが、そのいっぺんで両方ともに火が点《つ》いちまった――白糸が女郎になってから二人が実際に会ったなぁ、なんとその一度っきりだったとよ」

「！」

裄沢が絶句して隣を見やると、甲斐原はどこか遠くを見るような目をしていた。

呉服屋は絹織物《きぬおりもの》、太物屋《ふとものや》は綿《めん》織物を扱う見世だ。庶民が身に着けるために買うのは古着で、新しい着物を仕立てるのは中流以上の武家や裕福な町人に限られる。

当然、そうした客を相手にする呉服屋は堅い商売であり、手代程度の奉公人が女郎屋に通っているなどと世間に知られることを嫌うし、それ以前に「女に迷って見世の金に手をつけられては堪《たま》らない」と放り出されてしまうことになる。

白糸が庇ったのは、そうしなければ愛しい男を路頭《ろとう》に迷わせることになるからだったのだ。

奉公人を追い出しても見世は外聞を気にするから表沙汰《おもてざた》にはしないが、可愛がられていた手代が急に辞めたとなれば噂はつきまとう。そんな男に次の奉公先があるかとなると、すでに歳もそこそこいっていようし、当人次第ではあってもまともなところだとかなり難しいとは言えよう。

自分が心底《しんそこ》惚れた白糸が実は人殺しを疑われるような女で、己はそんな女のために奉公先を追われた――裏切られたという衝撃から立ち直れぬまま自棄《やけ》になってしまったら、どこまで堕《お》ちるか判ったものではない。

番屋に呼び出されたことが見世に知られてしまったなら、その時点でもう、男の将来《さき》は真《ま》っ暗闇《くらやみ》になってしまうと白糸は焦燥《しょうそう》に駆られたのだろうか。幼いころはずっと一緒に遊んだ間柄なら、男の心の奥底にそうした気質が眠っているのを知っていたとしてもおかしくはなかろう。

あるいは二度と会うことはないであろう男の未来に叶わなかった自分の幸せを重ね合わせ、苦界《くがい》で生きる糧《かて》としていたのかもしれない。来合の言葉を聞いたとき白糸は、「奈落《ならく》の底まで落ちるのは自分だけでいい」と思い詰めたのかもしれなかった。

——何年ぶりだったかは知らないが、たった一度きりの逢瀬で己の命を差し出すほどの覚悟を決めるとは……。

女郎の心根にはそういうところがあると口では来合を諭《さと》していながら、白糸の強い想いを現実の話として聞かされた衍沢は圧倒されていた。

甲斐原の口調は淡々としたままだ。

「まあ、白糸がやってもいねえ殺しを白状したんはそんな理由《わけ》からだったってこった。で、肝心のホントの下手人のほうだが——」

甲斐原は曰《いわ》くありげな目で衍沢をちらりと見てから続きを口にした。

「女郎屋が仕入れる娘っ子だけど、そのまんまたぁだ見世へ出しちまうより、ちょいと磨《みが》いてからのほうが稼《かせ》げるってえ上玉《じょうだま》もほんのときおりだけど混じってることがある。『喜の字屋』の近くに、『だったら育ててみようか』なんて、子供を引き取って吉原まねた酔狂《すいきょう》な見世があったと思いねえ」

官許の吉原では、将来性を見込んで幼女のうちに買い上げ、高級な遊女に育て上げるという仕組みができていた。こうした娘は禿《かむろ》と呼ばれ、最上級の遊女のそばにつけられて育成されていく。

「だからっつっても、吉原みてえな手立てもなきゃあ、育て上げ方を知ってる者もいやしねえ。『磨き上げる』なんぞと張り切ってたのも最初《しでえ》のうちだけで、まだ見世に出せるほどの歳にもなってねえってこって、次第に女中や使《つか》いっ走《ぱし》りみてえなことをやらせるようんなってった。

客でもなきゃあ普通の奉公人でもねえ、商売物になる『女』でもなきゃあ、悪戯《いたずら》なんぞすりゃあ折檻《せっかん》されるって知ってるから、どこへ出しても大人《おとな》しいもんだ。そんな小娘が『喜の字屋』ん中をうろちょろしてたって、『ああ、また誰かの使いか』なんぞと思われるだけで、だぁれも気にも掛けなかったっていうことだったのさ」

「そんな小娘がなんで人を刺し殺すようなまねを？」

「三哲は金貸しだ。そんでだいたいの見当はつくだろ」

白糸が女郎屋へ身売りしたのと、同じような経緯があったということだ。

「ああ、来合はそんな小娘がいて三哲と関わってたこたぁ知らなかったそうだが、なんでも小娘は亀戸村《かめどむら》のほうの出だそうだから責めるわけにゃいかねえ」

来合が受け持つ本所、深川は大川と横十間川《よこじっけんがわ》に挟まれた地。横十間川よりさらに東に位置する亀戸村は、町奉行所の管轄ですらない。

「自分が借金の形《かた》に売らせた小娘がどこの女郎屋に引き取られたか、三哲は知ってたらしいな。そんで『親のとこにまだ残ってる借金を大いに減らす手立てがある』なんぞと言い含めて『喜の字屋』へ呼び出した。小娘のほうにゃあ、『喜の字屋』へ行く前に『何刻《なんどき》にやってきて顔ぉ出せ』って言ってあったそうだし、いつも三哲が使う部屋は決まってたから小娘が『喜の字屋』へ入ってから迷うこともねえ。いつも使ってる部屋が先に埋まってたときゃあ、日を改めるつもりだったんだろうな。

三哲だって馬鹿じゃねえから、『喜の字屋』にも白糸にも自分が嫌われてることぁ重々承知だったようだし、振られたのもこたびが初めてじゃねえ。まあ、前回は怒ってすぐに帰っちまったそうだけどな。だから、のこのこ出掛けてったってまた振られることぁ判ってただろうさ。けど、金が全ての男のこった、『大事な金ぇ払わしといて、この扱いはどうにも赦《ゆる》せねえ』って怒り心頭《しんとう》に発した。ことが色欲《しきよく》絡みだから、逆恨《さかうら》みも大概《てえげえ》なとこまでいっちまってたんだろう。

女郎屋で、女郎に振られた腹いせに、その見世の女郎でもねえ女とことを致す――当てつけのつもりだったのか、もっと大きな騒ぎにしてやろうと思ってたのか、当人が死んじまった今じゃあもうそこまで判らねえけどよ。

一方小娘のほうだって、手前が今暮らしてるのも女郎屋だし、行けば何が起こりそうなのかぐれえは察しがついてた。親に売っ払《ぱら》わせたときの未通女《おぼこ》未通女《おぼこ》してた小娘そのまんまだとしか思ってなかった三哲にすりゃあ、唯一の算盤違《そろばんちが》いだったろうな――金しか目に入《へえ》らねえで人を見てねえからそんなことんなる。ともかく、親のためにも行かざるを得ねえ小娘は、用心のために刃物を懐に忍ばせて三哲のとこへ向かった。なるたけ人に見つからねえようにそっと部屋へ入ってってたら、そのまま夜具ん中へ引きずり込まれて、夢中で抗《あらが》ってるうちに気がついたら刺しちまってたんだとよ。

ちなみにその刃物は、見世の手伝いする中に板場の下働きも入ってたことから、自分用にって使い古しをもらった小出刃《こでば》だった」

苦さの混じる口ぶりで話してくれた甲斐原へ、裄沢は気になっていたことを問うてみた。

「それで、返り血のことは？」

「ああ、そいつを言い忘れてたな――小娘がいた見世にゃあ、客としてやってきたものの女郎を相手にしてるうちにポックリ逝《い》っちまった旅の者が遺した、衣装や道具がそのまんま取り置かれてたそうだ。で、この寒空に使いっ走りで表へ出すことも多い小娘のことを気の毒に思った奉公人がそいつを思い出して、誰も取りに来る者のねえ道中合羽《どうちゅうがっぱ》を渡してやった。裁縫《さいほう》の得意な女郎が寸を詰めてくれたから裾《すそ》を引きずることもねえで、当人も『これで寒くねえ』って喜んで使ってたらしいな。道中合羽に包《くる》まった小娘がそこいらをチョロチョロしてんなぁ、あの辺りで働く者にゃあ見慣れた風景になってたとよ。

他の見世に出入りするったって、ただの使いでちょいとしかいねえから、合羽を着たまんまだって誰も気にしやしねえ。三哲の部屋に入るときゃあさすがに脱いだだろうけど、血で汚れた着物の上に羽織ってから人に見られねえように部屋を出ちまえば、もう誰にも不審に思われるこたぁなかったようだな。

見世が小娘に使わせてた行李《こうり》の底からぁ、血の付いた衣服も小出刃も見つかってる。今度こそ間違いなく、実際に罪ぃ犯した者を引っ捕らえたってこった」

甲斐原の声には、咎人を引っ捕らえることのできた安堵《あんど》以外の感情が含まれているように聞こえた。

「その小娘だがよう、『喜の字屋』で人殺しがあったって話をみんながしてるとこじゃあ黙って聞いてただけだけど、白糸が殺しで捕まったって耳にしたとたんに様子がおかしくなって部屋に籠もっちまったそうだ。見世の連中は、自分の知ってる者《モン》が人殺しをしたって聞いてブルっちまったんだろうと様子を見守ってたようだけど、当人にすりゃあ己のせいで赤の他人が罪を着せられたことで、可哀《かええ》想《そう》に何をどうしていいんだか判んなくなっちまったんだろうなぁ」

甲斐原が空を見上げる。

「ともかくナンもカンも、お前さんの言ったとおりだったなぁ」

帰り道を一緒にすることになった初《しょ》っ端《ぱな》でも、同じようなことを言われていた。

「……御用部屋でのそれがしと来合のやり取りを、耳にしておられたのですか」

「ああ、来合《あいつ》もおんなしだったんだろうが、白糸が手前の罪を吐露するのぉ聞いてても、どうにも腑《ふ》に落ちねえとこがあったんでな。市中巡回を人任せにしたってえ来合を探してたとこだったんだ」

さすがは北町でも腕利きの吟味方与力、見るべきところはしっかり見ていたようだ。裄沢が余計な口を出さずとも、いずれこの一件は無事に解決していただろう。

甲斐原は足を止めて真っ直ぐ裄沢を見てきた。

「ありがとよ。お前さんのお蔭《かげ》で、無実の者を牢送りせずに済んだ」

「それがしは、何の気なしに思いついたことをそのまま口にしていただけです。そんなつまらぬ戯言《たわごと》にまで気を配り、見事解決まで導《みちび》かれたのは甲斐原様方皆様のお働きでしょう」

じっと裄沢を見つめた甲斐原は、フッと顔に笑みを浮かべた。

「まあ、お前さんがそう言うならそんでもいいや――けど、おいらたちが助かったこたぁ紛《まぎ》れもねえ事実だ。そいつぁあ、きちんと憶えとくぜ」

そう口にした甲斐原は、「じゃあおいらの屋敷はこっちだから」と手を挙げて去っていった。

主に続く供侍や小者の会釈《えしゃく》に応じ、裄沢は去っていく甲斐原の背を見送った。

わざわざ自分を呼び止めて話してくれたことには感謝の念しかないが、この一件の顛末《てんまつ》には後味の悪い思いも残っている。

それでも、この終わり方を迎えたについては自分の言動にも責任の一端はある。

だから何ができるというわけではなくとも、少なくともこの想いだけは忘れずにいようと、裄沢は心の中で密かに誓った。

六

「おい、裄沢さんよ」

過去にあった類似の罪にどうお裁きが下ったのかを問い合わせるため例繰方《れいくりかた》（文書記録保管係）の詰所《つめしょ》へ行っていた裄沢は、御用部屋へ戻る途中の廊下で後ろから声を掛けられた。

——あまり馴染みのない声によく呼び止められる今日このごろだ。

そんな埒《らち》もないことを考えながら振り返ると、臨時廻り同心の室町左源太がこちらへ向かってくるのが見えた。

臨時廻りも奉行直属だが、一歩退《ひ》いて定町廻りの育成・補助を任とするため文書的なやり取りも基本的に定町廻りへ委《ゆだ》ねてしまい、裄沢らとの関わり合いは定町廻りよりだいぶ薄いのだ。

室町は、来合とともに『喜の字屋』での殺しの一件に携わった廻《まわ》り方《かた》（三廻りと同義）だった。「余計なまねをしてくれたなぁ」と苦情を言われるのかと身構えた裄沢の前で、室町はさっと頭を下げてきた。

「ありがとよ。この歳んなって捕《と》り違《ちが》え（誤認逮捕）なんてみっともねえマネをしねえで済んだなぁ、みんなお前さんのお蔭だ」

町方同心の頂点にあるとも言える三廻りの、しかも年齢も職歴も自分より遥かに上の先達の髷《まげ》を上から見下ろす格好になった裄沢は、予想外の成り行きに一瞬固まってしまった。

「そんな、ともかくお直りください」

慌てて室町に声を掛ける。向かった先で要点を書き留めた紙を手にしたまま、室町の上体を起こさせた。

「来合の市中見回りを代わってやって好きに動けるようにしたのは、室町さんもことの成り行きに不審を覚えていたからでしょう。それがしが余計な口を挟まなくとも、お二人ならきっと真相に行き着いていたはずです」

「そう言ってくれるなぁ嬉《うれ》しいけど、お前さんの慧眼《けいがん》がなきゃあ、白糸はまず間違いなく小伝馬町の牢送りになってたさ。恥ぃかかなくて済んだなぁ、やっぱりお前さんのお蔭だよ」

「そんな、慧眼などとは大袈裟《おおげさ》です。それがしは友人相手の世間話のつもりで、思ったことを何の気なしに口にしただけですから」

室町はまじまじと見てくる。

「お前さん、昔と比べるとずいぶん謙虚《けんきょ》になったもんだ——にしても、さすがだねえ」

町方の与力同心は住まうところも皆同じ区域内で、他のお役へ転じることなく親代々同じ職場に勤め続けているから、こっちがあまり知らなくともずっと歳上の向こうにはよく知られているということが当たり前のようにある。

「？」

若かりしころの悪行《あくぎょう》を引き合いに出されて思わず苦笑した裄沢は、続くお褒めの言葉に当惑した。室町がことを分けて話してくれる。

「来合の市中見回りをはずしてやったおいらの魂胆《こんたん》なんぞ、きっちりお見通しじゃねえか」

「まあ、そこは『やさぐれ』ですから」

室町が言及した己の過去に引っ掛けて応じた。

ニヤリと笑った室町が続ける。

「それだけじゃねえぜ。一から十まで全部こっちでやっちまわねえで、取っ掛かりだけ教《おせ》えて後は育てなきゃならねえ相手に手前でやらせる——おいらは、今のお役に就いてようやっとできるようんなったとこだってえのによう」

裄沢は苦笑しながら首を振る。

「買い被りです。第一、偉そうにやり方を憶えさせるなんて同い年の来合にやれるもんじゃありませんし。きっかけだけ与えたとか言うんじゃなくって、少し話を聞いただけじゃあ、あんな程度のことしか思い浮かばなかったというだけですよ。俺は、千里眼でも天眼通《てんげんつう》（予知・透視能力者）でもありませんから。

確かに全部自分でケリをつけられるのにやらないってとこはあるでしょうけど、それは余分なとこまで手を出すと、負《お》んぶに抱《だ》っこでみんなこっちにやってもらえるのが当たり前って甘えたお人がそこいら中にゴロゴロしてるからで――そんな連中の面倒まで見させられるのはゴメンですからね」

やさぐれらしい悪態が不意に飛び出してきたのに驚いた室町だったが、思い直して気持ちを伝えてきた。

「まぁ、ともかくこいで借りぃ一つだ。おいらの奢《おご》りで、今度一杯付き合ってくんねえ」

そう言うとこちらの肩をポンと一つ叩いて去っていった。

裄沢は足を止めたまま、しばらくその背中を見送った。

人柄は来合からも聞いていたが周囲の評判どおりで、傲《おご》らず威張《いば》らず、気持ちのいい漢《おとこ》だと思えた。

その日の奉行所からの帰り、裄沢は表門を出たところで戻ってきた来合と出くわした。

いくら定町廻りが受け持つ範囲が広いといっても、日が暮れかけるほど遅くまで歩き回るものではない。これが一日だけのことなら、先日の『喜の字屋』ほどではなくともまた何かあったのかと思わぬでもないが、連日続いているとなればやはり普通ではない。

外回りが仕事とはいえ、この数日、奉行所内で見掛けることすらなかったのだ。「お疲れさん」と笑顔を向けてきた来合をそのまま行かせずに呼び止めた。

「おい、轟次郎。お前、俺の助言で助かったことについて、何かひと言ぐらいねえのか」

相手が口にしそうな「べらんめえ」をまねて言い掛けてみる。

買い言葉は即座に返ってきた。

「なぁに言ってやがる。お前のせいでおいらぁ、町回りの他にいろいろと調べなきゃならなくなって大忙しだ。こいつが落ち着いたら、お前さんにゃあ、ちゃんとしたとこで奢ってもらわにゃならねえぜ」

言い掛かりも甚《はなは》だしいが、そんなことより気になる科白《せりふ》があった。

「俺のせいで調べ物？」

「ああよ。三哲がお上に隠れてどれだけの悪事ぃ重ねてきたのか、隅から隅までズズズイっと拾いまくらねえとならねえ」

「……死んじまった死人さんのことをほじくり返して、何かの役に立つのか」

「捕り損《そこ》ないかけたおいらへの罰《ばつ》だっつって、甲斐原様からお指図喰《く》らっちまったからよ」

甲斐原が、罰のために無用なことをさせるとも思えなかった裄沢は眉を寄せる。

理由は、続けて言い放たれた来合の言葉で判明した。

「あの男の悪さが一つでも多く明らかになりゃあ、その分だけ三哲殺しへのお上のお慈悲《じひ》が掛けやすくなるって言われちまやあ、そりゃあ血眼《ちまなこ》んなって探すよりあんめえよ」

「そうか……」

三哲に誘い込まれた小娘にすれば、刺してしまったことまで含めて、他にどうにもできない仕儀であったことは容易に察せられる。

来合も仕事が増えたことへの苦情を並べ立ててはいるが、その表情は、白糸にお縄を掛けた翌日に御用部屋へ顔を出したときよりずっと晴れ晴れとしていた。

普段の潑剌《はつらつ》ぶりを取り戻した来合が別れを告げてくる。

「じゃあな。おいらぁこんなとこでお前さんの無駄話《むだばなし》に付き合ってられるほどヒマじゃあねえんだ――ああ、おいらに一杯奢らなきゃならねえってこたぁ、ゆめゆめ忘れんじゃねえぞ」

言うだけ言って、手をヒラヒラ振りながら背を向けて御番所の門を通っていった。

裄沢も身を翻《ひるがえ》して帰途《きと》を辿《たど》ることにする。

「なぁに言ってやがる、こっちが無駄話に付き合ってやった恩も忘れやがって。甲斐原様や室町さんは、ちゃんと礼まで言ってくれてるっつうのによ」

己の背後、もう聞こえもしないほど遠くへ歩み去ってしまったはずの来合へ向けて、綻《ほころ》びかけた口元もそのままに独り言を呟いた。

第二話　深夜行《しんやこう》

一

町奉行所の表門は日が暮れるころに閉じられるが、その左右に設けられた脇門のうち、門番所が付随する外から見て右側のほうは、一晩中出入りが容易にできるように開け放たれたままにされる。

役目柄、夜中にもたらされる急報に備えるためである。当然、奉行所に勤める与力同心も、夜間の非常時に備えて泊まり込むことが定められていた。

同心でいえば、三廻《さんまわ》りなどの特定のお役や隠居手前の老年者を除いて、皆にこの仕事が回ってくる。

ほぼ平等に回ってくる宿直《とのい》番の頻度《ひんど》が例外的に高いのは経験の浅い見習い同心であるが、これについて見習い同心連中の中には、つらい仕事を押しつけられるというより役得だと考える者が多かった。

かつての裄沢もそうだったのだが、宿直明けは勤務終了扱いでそのまま自宅へ帰ってよく、さらにその翌日が非番（休日）になるため、丸一日だけの通常の休みより長く遊んでいられるからだ。

そんなことをふと思い出したのは、裄沢にとって今日が久しぶりの宿直番だったからだろう。

日中に普段の仕事を終えた裄沢は、通常なら家へ向かう刻限に、表門から連なる長屋塀《ながやべい》（公道に面する側の外壁を塀と一体化させた建物）に設けられた同心詰所へ顔を出した。

おう、と手を挙げてくる者がいた。定町廻りの来合である。

「なんだ、市中見回りはとっくに終わってんだろ」

「もう戻りの報告も終えたさ。今ぁ帰る前に一服してるとこだ」

裄沢のぞんざいな言葉に、いつものことだと全く気にする様子も見せずに応じてきた。

「今日はお前さんが宿直番かい」

詰所で当番をしていた定触役《じょうぶれやく》同心が問うてきた。

「ええ、お世話になります」

宿直番の日は、同心詰所で待機する当番同心の勤務終わりに交替して、ここで過ごすことになる。とはいえ徹夜しなければいけないわけではなく、夜も遅くなれば同じ並びで表門から離れたほうにある座敷に移り、仮眠を取ることが可能だった。

何かあれば、一晩中表門脇の門番所で不寝番《ふしんばん》をしている小者が叩き起こしてくれるのだ。

「見習いの連中はまだですか」

中を見回し、来合と当番同心の二人しかいないことを確認して問うた。当番同心はもう一人か二人いるはずなのだが、そちらはこの男に後を任せてすでに帰ってしまったのかもしれない。

「まだ見掛けねえなぁ。どっかで連《つる》んで無駄話でもしてるんじゃねえか——あいつらもこのごろは馴れてきたせいか、ちょいと弛《たる》んできてるみてえだしなぁ。

裄沢さんよ、いい機会だから今晩辺り雁首《がんくび》揃えさして、連中の箍《たが》ぁピシッと締め直しちゃくれめえか」

「年寄《としより》になるまでにゃあ、まだ何十年とありますよ」

当番同心に手間仕事を振られた裄沢は、苦笑を浮かべつつ相手の言葉を流した。

同じ用部屋手附同心の見習いならともかく、他のお役の見習いまで世話を焼く理由はないし、第一そんなことに手を出して「余計なことをする」などと睨まれたのでは割に合わない。こういうのもお役所勤めの処世術と言えようか。

なお裄沢が口にした年寄とは年寄同心のことで、年齢とも就いているお役とも関わりなしの、同心としての職階《しょっかい》や職級《しょっきゅう》のようなものである。ざっくりいうと、見習い、本勤《ほんづとめ》、物書《ものかき》、支配などと上がっていき、一番上が年寄となる。

年齢に関わりないとは書いたが経験豊富な者でなければそこまで上がることはなく、いわば同心の中でのご意見番のような地位と言える。

当然、見習いなどの若手からは煙たがられる存在であるが、裄沢は「自分でやる気がないなら、俺なんかじゃなく年寄同心に注文しろ」と暗に要請を突《つ》っ撥《ぱ》ねたのだった。

当番同心がまだ何か言いたそうにしているのは、自分の望みをバッサリ退《しりぞ》けられたことが不満なのか、あるいは裄沢の意図するところを汲《く》み取れなかったのか。

いずれにせよ、こっちが気にすることではない。裄沢は知らぬふりをして詰所脇に設けられたお勝手へ白湯《さゆ》を汲みに行った。湯呑を抱えて戻ってくるまでの間に、のんびりしていた来合は仕事終わりのひと休みを切り上げ帰ってしまったようだ。

俺に挨拶もなしに、と裄沢は心のうちで舌打ちした。

——当番同心《こんなの》と二人だけにされても間《ま》が持たねえ。

実は、こちらが本音であった。

「やあ、すまん。少々遅くなった」

互いに会話もないまま裄沢が白湯を啜《すす》っているところへ、今夜の宿直番で相役《あいやく》になる町会所掛《まちかいしよがかり》の同心がようやく現れた。確か、大竹《おおたけ》とかいう名だったはずだ。

後ろに、これも遅れた三人の見習い同心を従えている。

見習いどもがいつもより神妙な顔をしているところを見ると、どうやらこの町会所掛が独自に「雁首揃えて箍を締め直し」てきたため、定刻に間に合わなかったようだ。

町会所掛は町人地の自治組織である町会所の指導や通達にあたるお役であるか

ら、折衝《せっしょう》相手の町人に上からものを言う態度があからさまなところがある。裄沢の目から見た大竹はまさにこのお役のために生まれてきたような人物で、誰に対しても四角四面な応じ方をしてくる。

とにかく、あまりまともには関わりたくない相手だった。

「いや、そんなに遅くなったわけでもないでしょう」

裄沢が大したことではないと応じると、一人だけ居残った当番同心がわずかにムッとした顔になったのが視界の隅に映った。

――そんなに交替が待ち遠しかったんなら、俺はもう来てたんだし、お仲間に倣《なら》ってさっさと帰りゃあよかっただろうに。

なによりご当人が希望した「見習いに活《かっ》を入れる」ことを率先してやってくれたがための遅刻なのだから、先ほどの話の流れからすればむしろ感謝すべきではないのか。

――「遅れたことへの謝罪なら、交替になる自分が受け応えして当然なはずだ」っていう俺への反発なんだろうが、なら謝《あやま》られたのへ間を置かずに応じればよかっただろうに。それとも、大竹のほうにもひと言文句を言わなきゃ気が済まねえのか？

などと考えても、無論口には出さない。そちらは再度無視をして、今宵《こよい》ひと晩一緒に過ごすことになる大竹の後ろに並んだ見習いたちへ、「用意はできているか」と話し掛けることにした。

ようやく仕事を終えて帰ってくれそうな当番同心の定触役とは、あまり合わないからなるべく関わり合いにならないようにしていたのだが、それは今宵の相役である大竹についても言えることだから少々気が重い。とはいえむっつり黙り込んでいても仕方がないので、見習いたちを相手にときを潰《つぶ》すことにしたのだった。

宿直番とはいっても、重要施設への不審者侵入を阻止するとか要人への襲撃を警戒するとかいうわけではないから、従事する者にしてみれば単に仕事場で寝泊まりするだけの、「その場に居さえすればよい」簡易な業務という意識になりがちだ。

夜中に何か大ごとでも起きない限り、のんびりとひと晩過ごして仮眠を取ればそれで済む話なのだ。

裄沢と相役の大竹、そして見習い同心の三人は、持ち込んだ夕食の弁当を同心詰所で遣《つか》うと、もうやることがなくなってしまった。

とはいえ夜具に潜り込むにはさすがにまだ早いから、しばらくは詰所に残って無為《むい》なときを過ごすしかない。通常ならば無駄話でもして暇《ひま》を潰すのだが――

「よいか。我ら町方の役人は――」

何を思ったか大竹が、見習いどもを集めて偉そうに話し出した。

いやでも耳に入ってくるから仕方なしに聞いていれば、言っていることに間違いはなくともみんな上《うわ》っ面《つら》の建前《たてまえ》ばかりで中身がない。

――こんな紋切《もんき》り型《がた》の口上《こうじょう》は、見習いどもだって耳に胼胝《たこ》ができてんだろ。どうしても言って聞かせたいなら、己の実体験に沿った話でもしてやればずっと実《み》になるだろうに。

得々《とくとく》とした顔の大竹の話は延々と続く。そのうちに無駄な繰り返しが目立ってきたが、当人は気づいているのかどうか。

見習いどもが辟易《へきえき》とした顔をどうにか取り繕おうとしているのが裄沢の目には明々白々であっても、己のご高説に酔いしれている大竹はどうやら全く気にしていないようだ。

――この詰所へやってくる前にも、おそらくひと講釈《くさり》打《ぶ》ってたんだろうに。

さすがに、見習いの連中が気の毒になってきた。これでは、「ほぼ二日続けの休み」という役得が災厄《さいやく》に転じてしまう。

「おい、お前さん方。酒は飲めるのかい」

大竹の話の合間に割り込んで問いを発した。

大竹は怒る以前に呆気《あっけ》にとられているようだが、気にせず見習いどもを見渡す。げんなりしていた連中は、裄沢を見返して三人ともに頷《うなず》いた。

「こん中で、酒に弱いヤツはいるか？」

互いに顔を見合わせているが、自分で手を挙げる者も仲間の名を挙げる者もいない。

「じゃあ、山口《やまぐち》」

それを確かめ、見習いのうち隣にいた者の名を呼ぶと、耳に口を寄せて小声で指図した。

指示を受けた山口が腰を上げ、ことの成り行きについていけていない大竹を気にしながらも詰所を出る。

「裄沢さん、いったい何を――」

ようやく疑問を口にした大竹に笑顔を向けた。

「まあまあ、少し休憩しましょうや」

などとやり取りしているうちに、部屋を出た見習いの山口がすぐに戻ってきた。右手には人数分の茶碗を載せた盆《ぼん》を持ち、左手には大徳利《おおどつくり》を提《さ》げている。

「！――裄沢さん、それは……」

大竹の目が山口のぶら提げた大徳利に向けられていた。

「いや、先ほど白湯を汲みにお勝手へ行ったときに見つけましてね。なに、減らした分は俺が買い直しておきますから」

夕方白湯を汲みに行ったときに戸棚の陰へ目立たぬように置かれていたのを見つけたのだが、おそらくは誰かが自分の宿直番のときにでも飲もうと思って隠していたのだろう。

裄沢は見習いの山口が手にした盆から茶碗を取って並べると、大徳利を受け取り栓《せん》を抜いてたっぷりと注《つ》いでいった。

最初に手に取った一つを大竹に渡す。

受け取ってしまってからこちらを見た相手に、ニヤリと笑って見せた。

「まあ、このぐらいの気晴らしがなきゃあ、やってられないでしょう」

茶碗酒を手にしたまま大竹が何か言おうとしているのを無視して、見習いたちにも次々と渡していった。自分も手に取り、まずは見習いたちを見回す。

「お前さん方は、飲まずに舐《な》めるだけにしておきな――ろくにやるべき仕事がなくとも、これだってお勤めのうちだ。もうこれ以上は酔っ払いそうだと思ったら、そこでやめるんだぜ」

三人に釘《くぎ》を刺してから、大竹に目を向け直して自分の手の茶碗を顔の前へ掲《かか》げた。

「それじゃあ、お疲れさんということで」

軽く飲んで促《うなが》すように見やると、見習いの三人もおずおずと口をつける。

それを見ていた大竹も、釣られるようにひと口含んだ。

付き合いはなくとも同じ奉行所で働いているからには、この男が酒好きなことは噂で聞いている。

つい自分も飲んでしまったのは、我慢しきれなかったのか、あるいは役人根性で周囲から浮き上がることを避けたのか。

町方の与力同心には幕府内に多数ある他の組織から転じてくる者はおらず、住まいも仕事場も親代々ずっと変わらずにきているから、他の役人と比べるとかなり団結力が強いという特性がある。だからこの場で自分だけ酒を拒《こば》んで「一蓮托《いちれんたく》生《しょう》から逃れようとした」と思われるのが嫌だったのかもしれない。

飲んでしまって口元から茶碗を下ろそうとする大竹の腕を、裄沢は手を伸ばして持ち上げた。

「さあさ、先ほどから喋《しゃべ》りどおしで喉《のど》が渇《かわ》いたでしょう。グッといってください、グッと」

そう言ってさらに飲ませて、まだ茶碗を空けきらないのも構わず大徳利を傾けてなみなみと注《つ》ぎ足す。茶碗から零《こぼ》れそうになる酒に、大竹は慌てて口を寄せて啜り込んだ。

二

大竹が酒好きであると同時にかなり弱いことも裄沢は知っていた。次々に酒を勧《すす》めて酔わせると、「飲ませすぎた」と謝りながら早々に仮眠のための部屋へ追い立て、一人だけ先に寝かせてしまった。

四人がかりで敷いた夜具に大竹を放り込んで、裄沢と三人の見習いは同心詰所へと戻る。

休みたい者がいればそのまま座敷に残って寝てもいいと言ったのだが、眠っているとはいえ口うるささに辟易していた大竹と二人きりになりたい者はいなかったようだ。

まあ、そばであの鼾《いびき》をかかれたのでは、横になってもなかなか眠れはしないだろうが。

詰所へ戻って茶碗酒を置きっ放しにした席に着き、なんだか申し合わせたようにそれぞれが溜息《ためいき》をついた。それがおかしくて笑みを見せ合う。

見習いの一人が、茶碗を持ち上げ残っていた酒をコクリと飲み込んだ。

「空《から》んなっても、お代わりはナシだからな」

軽く睨んで警告したが、萎縮《いしゅく》することなく笑顔で頷き返された。

そこからは、和《なご》やかに談笑する場になった。

「裄沢さんのお祖父《じい》様は、鉄斎《てっさい》どのというお名だったのですか」

前の話題が途切れたとき、見習いの一人である佐藤《さとう》が問うてきた。

「ああ、俺が物心ついたときにゃもう隠居してたけど、周囲からはそう呼ばれてたなぁ――ただ、鉄斎ってのは俳号《はいごう》だったそうだけどな」

「俳諧《はいかい》もおやりになってた？」

「なぁに、下手の横好きってだけだったようだ」

「裄沢さんはおやりにならないのですか？」

「祖父さんは、俺が見習いで奉行所《ここ》に入るちょいと前までは元気だったんだけどな。ただ、俺のほうがそっちに興味がなくてよ、祖父さんから誘われても逃げ回ってたってことだ――いまだに、俳諧だの和歌だの言われたって、さっぱり判らねえ」

裄沢のあけすけな言い方に、見習いたちも「自分らもそうだ」と笑いながら同意した。

調子に乗った佐藤がさらに問う。

「でも、裄沢さんのお祖父様、そのような風流を嗜《たしな》んでおられたのに、気が荒くていらしたんですか」

裄沢は、なぜか苦笑しながら答えた。

「いや、穏やかなもんだったぜ。同心やってたころは、俺とは違って『仏の裄沢』なんぞと言われてたとか聞いたこともあるしな」

佐藤は、不思議そうな顔で「じゃあ、なんで――」と続けようとして、隣の山口から肘《ひじ》で小突《こづ》かれた。

意図が判らず自分のほうへ目を向けてきた佐藤に、山口は言葉にはせずにただ小さく首を振って「その話はやめろ」と合図する。

そんな二人を見て、自分が最初から気づいていた佐藤の誤解を解こうと、裄沢は口を開きかけた――と、そのとき、詰所の外のほうが急に騒がしくなった。

その場の全員、何か切迫したやり取りをしているらしい表門のほうを注視し耳を澄《す》ませる。

何ごとが起こったか様子を見にいこうと立ち上がりかけた佐藤を、裄沢が止めた。

「何かありゃあ、門番が知らせてくる――茶碗と大徳利だけ片しといてくれ」

何が起きても即応できるように片付けを指示してきた裄沢に、見習いたちが従った。

急ぎ集めた茶碗と大徳利を山口がお勝手へ持っていってちょうど戻ったとき、詰所で門番を勤める小者の一人が顔を出した。

門番の小者は中にいる者の顔を見定めると、その場の最年長者へ顔を向けてくる。

「裄沢様。日本橋南元大工町新道《にほんばしみなみもとだいくちょうしんみち》の商家に、賊《ぞく》が押し入ったそうにございます」

元大工町新道には、北町奉行所から外濠《そとぼり》を呉服橋《ごふくばし》で渡り、南東方向へ数町（数百メートル）歩けばすぐに行き着く。

「こっから近《ちけ》えな」

緊迫した展開に裄沢の口調が自然と乱暴なものになっている。見習いたちも先ほどまでとは打って変わって緊張を面《おもて》に表していた。

裄沢は見習いの三人目、大人しい木村《きむら》に向かって「大竹さんを起こしてきてくれ」と頼むと、木村が動くのには注意を払わず、報告に来た門番に尋ねた。

「知らせに来たのは、番屋に詰めてた者かい」

番屋には町内の地主や大家が交替で詰めることになっていたが、この時代には雇った者を置くことが多くなっていた。ましてや夜ともなれば、周囲から一目置かれる立場の者が張りついているはずがないための問い掛けだ。

「いえ。やってきたのは、騒ぎの起こった家の隣に住まう者だとのことです。番屋にも他の者が知らせに走ったようですけれど、それとは別にこちらへ」

これも、奉行所が近くにあるからこその行動であろう。

「知らせに来たって野郎は、門番所に留《と》め置いてるんだよな」

「へい」

――ならそいつに案内させりゃあ、真っ直ぐ騒ぎの場所へ駆けつけられるな。

「押し込んできた賊は、捕らえたのかい、それとも逃げたのか」

「それが、どうやらまだ騒ぎが収まらないうちにこっちへ駆けつけたということで、はっきりしたことは判ってねえようで」

――向こうへ行っちまったほうが早いか。

そんなやり取りをしていると、木村に起こされた大竹が、まだ赤い顔のまま奥から現れた。

「裄沢さん……」

酔いが醒《さ》めないせいか、少々浮腫《むく》んだ顔でこちらを見てきた。

裄沢は、相談を持ち掛けるのではなく勝手に決めたことを告げた。

「俺は知らせのあった場所へ行ってきます。まだ他にも何かあるといけませんから、大竹さんには残っていてもらいましょう」

「裄沢さん、だけど……」

こんなことが起こった後だと、責任者が自分だけになった状態で詰所に残るのが心細いのか、大竹が臆《おく》する顔を見せる。

裄沢に構っている余裕はない。何か言いたそうな大竹からあえて視線をはずし、三人並んでいる見習いたちのほうへ顔を向けた。

「町方ならば今就いているお役に関わりなく、いざというときの心構えを常に持っているべきだと、お前らはさっき大竹さんから教わったよな。今がその『いざ』ってえときだ。教わったことぉしっかり肝《きも》に銘《めい》じて行動するんだぜ」

半ば以上は大竹に聞かせることを意図していたのだが、額面どおりに受け取ったのか見習いの三人は裄沢を見返して真剣な表情で頷く。

大竹は、そうした裄沢らの様子をただ黙って見ているばかりだった。

裄沢は大竹には構わず話を進めようと、待機している門番へ振り向いた。

「供のできる小者は何人いる」

「呼びにやってますから、三人ならすぐに」

「なら、二人連れてく。支度させといてくれ」

承知した門番が詰所から出ていった。

ついで裄沢は見習い連中に再び顔を向けた。

「佐藤と木村は俺と同行しろ。すぐに出掛ける支度だ。山口は大竹さんとここに残って、この後また何かあったときに備えてくれ」

ついで山口へ思いついたことを付け加えた。

「ああ、奥へ行って、いちおうお奉行の宿直番にこれから出ることを伝えといてくれ。『念のためお知らせだけしておく』ってことだから、間違ってもお奉行叩き起こさしたりすんじゃねえぞ」

少しでも緊張を緩《ゆる》めようと、やや冗談交じりで指図をした。

いわゆる三奉行のうち、大名役である寺社奉行は在任中、自身の藩邸を奉行所として使用し、勘定奉行は自分の屋敷から毎日勘定所《かんじようしよ》に通うが、町奉行は奉行所の建物内に住まいが設けられ、そこで起居している。

従って家族はもとより、己の本宅へ留守番として置いておく者を除いた家士《かし》（旗本家としての町奉行自身の家来。ちなみに奉行と与力同心はいずれも「将軍家の家臣」であって直接的な主従関係にはなく、単なる「仕事上の上司と部下」の間柄になる）や女中、下働きの奉公人なども、奉行とともに町奉行所内で暮らしているのだ。

町奉行所には、「町奉行所として」与力同心が行う以外で、奥に「町奉行個人」のため奉行の家士が勤める宿直番もいて、裄沢は「奉行所の宿直番が手薄になる」ことを、念のためそちらへも知らせておくという気配りをしたのだった。

裄沢は詰所の奥の戸棚へ行き、収められている十手《じって》を手にした。自分と同行する見習い二人にも手渡し、自身の分は刀の脇に差す。

定町廻りや臨時廻りには、帯の背中側に十手を差してその上から黒羽織を纏《まと》う者が多いが、捕り物に馴れていない自分が騒ぎの場に向かうのだから、いざというときすぐに抜けるようにすべきとの考えからだった。

「支度はいいか？」

木村と佐藤を見渡して訊き、二人ともに頷いたのを確かめた。

「じゃあ、行くぜ」

己自身に気合いを入れて、外へと踏み出した。


表門脇の小門を出ると、門番所の前には急報を告げに来た男だけではなく、すでに同行する小者も待機していた。

うち一人は顔見知りで人柄も判っている三吉《さんきち》だったから、馴れない現場へ急行することになった裄沢もいくらかは気が休まった。三吉は捕り物でも頼りになる老練な男だ。

門番所で用意していた灯りを受け取り、すぐに現地へ向かうことにする。

夜道の足下を気にしながら、急ぎ足で進んだ。刻限は、五ツ（午後八時ころ）過ぎというところか。

「そんで、いったいどういうことなんだか、お前さんの知ってる範囲でいいから教えてくんねえ」

道すがら、騒動の起こった瀬戸物屋の隣に住まう蠟燭屋《ろうそくや》の主だという男に詳しい状況を尋ねた。

「へえ、それが、夜も遅うございましたからもう寝ておりましたところが、お隣から大きな騒ぎが聞こえまして、近所の連中も出てきましたのであたしも表へ出てみたところ、お隣のご主人さんが家から顔を出しまして。

みんなで事情を聞きましたら、どうも見ず知らずの男が家の中まで押し入ってきて騒ぎになったのだとか。その男はどうしたと訊きましたが、もういなくなったようだと言うばかりで、どうやらどこかへ逃げ失せたようにございます」

それでも、やはり物騒だから番屋と奉行所には届けておくことにし、この男が北町奉行所へ駆けつけたという話だった。

裄沢はさらに問いを重ねようとしたが、その暇もなくすぐに目的地の近くまで到着してしまった。まあ、男は騒動の後皆で話し合ってすぐに奉行所へ向かったとのことで、騒ぎがあった以上の詳しい話はほとんど知らなかったようだが。

「そこから先が元大工町だ。次の路地が新道だぜ、心構えしとけよ」

目の前の町並みを見ながら裄沢が告げた。

賊の姿はないということでいくらか気を緩めていた見習いの二人に緊張が走る。

佐藤が、月明かりに照らされお濠の向こうに見える北町奉行所へ、チラリと目をやった。

「なんだい、御番所に残った山口がうらやましくなったかい？　けど、もし今新たに何か起こったら、山口は大竹さんと二人で対処しなきゃならねえんだぜ」

からかうような言い方に反発しかけ、その後に付け加えられた道理を耳にして佐藤は気を持ち直したようだった――あの大竹と二人でことに当たるかもしれないよりかは、今のほうがずっとマシだと思えたのだろう。

実際残す見習いを山口にしたのは、三人の中で一番しっかりしているように見えたからだった。

――そう言やあ。

山口には、お奉行の宿直番に自分らが出ることとの報告だけはしておくように指示していた。

お奉行の安眠を妨《さまた》げるようなもの言いはまずすまいが、宿直番のうちの一人ぐらいは同心詰所まで様子を見にくるかもしれない。

――もしそうなったら、大竹さんのあの様子はバレんだろうな。

いくらお奉行の家来で町方の仕事とは関わりのない人物だとはいえ、同じ場所で働いている以上、当人が周囲に漏《も》らせばその話は奉行所の面々にも伝わる。もしそうなったら気の毒だし、酒を勧めた身としては後ろめたい思いがなくもない。

しかしながら、当人に対してではなくとも「酔うほど飲むな」とは目の前で注意していたわけだし、見習い連中に「町方同心たる者の心構え」を滔々《とうとう》と並べ立てていた者がこんなことでお叱りを受けても自業自得であろう。

宿直中に酒を持ち出した者としてこちらにも火の粉は飛んでくるかもしれないものの、そうなったらなったときのことだ。

――ただ、見習い連中にまでとばっちりがいったときは、庇《かば》ってやらないとな。

「そこを曲がった先です」

新道の路地を目の前にして、案内してきた男が裄沢らに告げた。

三

騒ぎのあった建物がどこかは、新道へ足を踏み入れてすぐに判った。まだ表には十人を超える男女が佇《たたず》んだまま立ち話をしていたからだ。

案内に立った男が裄沢らに軽く頭を下げると小走りに先行して、屯《たむろ》していた人々に町方の到着を告げた。

「ご苦労様にございます」

皆が頭を下げ道を空ける中、一人の男がおずおずと前に出てきた。

粗末な身なりからして、単に番屋で雇われている男（俗に定番《じょうばん》と呼ばれている）が騒ぎの知らせで足を向けてきたということのようだ。

「町役人《ちょうやくにん》はいないのかい」

「いえ、それが、まだのようで」

裄沢の問い掛けに、定番は言葉を探しながらようやくそれだけ答えた。

軽《かろ》んじて出てこないのか知らせ自体がいっていないかは知らないが、いないものは仕方がない。騒ぎのあった場所であろう、目の前の商家に視線を転じた。中はシンと静まり返っている様子で、騒ぎがすでに収まったという話は本当らしい。

ならば、落ち着いて話を聞くことができる。

「ここの主は」

裄沢の問いに、奉行所へ駆けつけここまで案内してくれた男が「孝造《こうぞう》さん」と呼び掛けながら、一枚だけ板戸の開いた見世の中へ入っていった。孝造というのが、この見世の主の名なのだろう。

待っていると、ほどなくして寝間着姿に褞袍《どてら》を羽織った男を連れて出てきた。

「申し訳ございません。見世が荒らされたかどうか見ておりましたので」

見世の主らしき褞袍の男は、頭を下げつつ言い訳をしてきた。

「そんなことは構わねえ——何が起こったのか、お前さんの口から話してもらえるか」

言いながら、じっと相手を観察する。

かつて世間話の中で年配の廻り方から聞いた、「手許の提灯《ちようちん》や月明かりだけでは相手の表情をしっかり見極めることはできなくとも、陰になっている分、却《かえ》って普段は気づかないほどの微妙な態度や気配の差違を感じ取れることもある」という話を思い出しながらの問いだ。

「はあ、それが申し訳ないことに、大声で怒鳴りながら急に家の中へ入ってきた者がいたというだけで、手前にも何が何やら……」

見世の主は自分の見世の中が気になる様子で、ときおりそちらへ目をやりながら答えてくる。いまだ狼狽《うろた》えている様子が見られるのに、昂奮《こうふん》しているせいか、必要以上に大きな話し声だった。

「その怒鳴ってたって男は、それからどうした」

「手前は見世のほうで急に大声が聞こえてきたので目が醒《さ》めましたが、ともかく隣で寝ている女房や子供らのことが気に掛かりまして、そちらを庇いながら襖《ふすま》越しにじっと見世の売り場のほうを窺《うかが》っておりました。

しばらく騒ぎは続いておりましたが、そのうちに不意に静かになりまして。なおもそのままじっとしておりますと、見世の外からご近所の皆さんが無事を確かめる声を掛けてくださりました。手前が存じておるのは、それだけにございます」

「怒鳴った男のことは、見ちゃいねえと？」

「はい、声だけにございます」

「野郎は、何を騒いでたんだ？」

「はあ、突然でしたし怖かったので聞き取れなかったということもあるかもしれませんが、ただ大声で喚《わめ》いていたというだけで、実際何を言っていたのかはさっぱりで」

「誰か、お前さんの知ってる人のような気はしなかったかい。声に聞き憶えはなかったかね？」

「……いえ、今は動転しているからかもしれませんけれど、心当たりらしきものは全くありません」

そうかい、と応じた裄沢は、主が気にする見世の中へと視線を転じた。

「この家にゃあ、お前さんとかみさん、それに子供だけかい」

「はい。通いの奉公人が一人いますけれど、見世を閉めた後は家族だけです。なにせ、小さな商《あきな》いですので」

確かに一軒家ながら、商《あきな》い物《もの》を並べる売り場の奥には座敷が一部屋か二部屋程度しかなさそうな小さな建物だ。

奉公人は普通住み込みだが、所帯《しょたい》持ちの女房か何かを安く雇っているのだろう。

「お前さんとこは、子供は何人だい？」

「六歳《むっつ》になる倅《せがれ》と四歳《よっつ》の娘の二人です」

中にも聞こえるように、少し声を大きくして言う。

「別に疑ってるワケじゃあねえが、お役目柄いちおう無事を確かめてえ。かみさん含めて、みんな顔を出してもらえるかい」

それまで存外にスラスラ答えていた見世の主が、初めて逡巡《しゅんじゅん》を見せた。

「子供らは眠っておりますので、わざわざ起こして怯《おび》えさすのは……」

こちらを怒らせぬようにと気を遣いながらも抵抗してきた。

裄沢は、あっさり譲歩する。

「なら、かみさんだけでもいいや——子供らが心配なら、かみさんをここによこしてる間はお前さんが面倒見てりゃいい」

裄沢の顔色を覗《うかが》った見世の主は、断れそうにないと諦《あきら》めて中へ戻っていった。

家に戻った見世の主と入れ替わるように、集まっていた近所の住人たちに聞き込みをしていた三吉ら小者二人が裄沢のところへ報告にきたものの、「これは」と思えるようなめぼしい話は一つもなかった。

そのまましばらく待っていると、主と同じほどの歳の女房が一人で出てきた。

「お前さんがおかみさんかい」

「はい、多加《たか》と申します」

子供を置いてきたことに後ろ髪を引かれるのか、背後を気にしながらもおずおずと返事をしてくる。

「たいへんだったねえ。で、亭主のほうは見世の売り場で騒いでる野郎がいたこと以外何も見ちゃいねえって言ってるけど、お前さんは何か気づいたことはなかったかい」

「……いえ……亭主に起こされたときに、誰かが見世のほうで騒いでいるのは判りましたが、ずっと掻巻《かいまき》ごと子供らを抱えてましたから」

不安なのか、右手で前帯の辺りをさすりながら、ちらちらと見世のほうを振り返っている。

裄沢は構わずに問い続ける。

「そうかい。で、その騒いでた男に心当たりは」

「……いえ、ぜんぜん……」

「声にも、聞き憶えはねえと？」

「……はい……」

「なら、仕方ねえな――寒いとこ、済まなかったな」

多加と名乗った女房は、ホッとした顔になってすぐに見世の中に戻ろうとした。その背に、「ああ、済まねえけど」と裄沢が呼び掛ける。

「はい？」

不安そうに振り向いた女房へ、気さくな口調で声を掛けた。

「中へ戻ったら、もういっぺん出てくるように亭主に声を掛けちゃくれねえか」

躊躇《ためら》いを見せつつも、コクリと頷いて戻っていった。

女房が家の中に入るのを見届け、裄沢は小者を呼びつけて耳打ちする。

何を言ったのかは見習いの二人には聞こえなかったが、やることもないまま半ば野次馬のようになっていた近所の連中を三吉らが解散《ちら》させ始めたので、おそらくはその指図であったのだろう。

見習いの二人が小者の手伝いをしたこともあって、近所の者らはそれぞれ自分の家へと帰っていった。

中から出てきた瀬戸物屋の主は、裄沢が見習いや小者のほうへ目を向けたままでいるため、不安げな顔をしながらも自宅へと戻っていく近所の者一人一人に頭を下げた。

番屋から来た定番を除いてほとんどの者が家へ帰ると、ようやく裄沢が見世の主のほうを向いた。

「待たせたな」

「いえ……」

「そいで、お前さんに頼みがあるんだが」

「はぁ」

「やっぱり、子供らの顔をいちおう拝んどかなきゃならないと思ってなぁ」

何ごとかと訝《いぶか》る顔の主に、裄沢はサラリと告げる。

見習いの佐藤が眉を寄せた。家に戻った近所の者らがこれから寝直そうとしているであろうに、裄沢の声はやはり遠慮のない大きさだったのだ。

「それは……」

「起こすことんなっちまうのは気の毒なんだが、近所の連中は騒ぎを起こした野郎を見てねえって話だし、お前さん方もそうだって言ってる。となると、騒いだんがお前さん方じゃねえとは、言い切れないことになっちまう」

「そんな――」

「悪いが、俺はお前さん方夫婦がどんな者か知らねえし、そうである限りはお役目上確かめとかなきゃならないことは、キチンとやっとかねえとならねえ。子供らに異変はねえか、この目で見届けなきゃならねえのさ」

「じゃあ、お役人様は手前が――」

「お前さんがどうこうじゃねえ。町方として呼ばれて駆けつけたからにゃあ、どうしたってやらなきゃ済まされねえことがあるっつう話だ」

佐藤から見れば、疑われているとの扱いを受けた見世の主の不満も判るが、裄沢の言うことも役人の立場としてはそのとおりだと思われた。

見世の主もその言い分に得心《とくしん》したのか、あるいは裄沢の強い口調に押されただけなのか、ともかく指図には従うことにしたようだった。

渋々という様子で、見世の中に戻っていく。

と、その後ろに裄沢もついていった。

「！　お役人様」

「この寒空に、小さい子供らを見世の表まで出すなぁ可哀想《かわいそう》だろ。戸板一枚内側だってだけで、だいぶ違わぁ。売り場《こここ》で待つから、二人を連れてきねえな」

お役人に気配りしてもらったのに、それを拒絶することなどできはしない。見世の主は裄沢をその場に残して板間に上がり、襖を開けて座敷に姿を消した。

主は、座敷に入ると襖をぴっちり閉じてしまった。

表では、見習いの佐藤と木村が裄沢に続こうとしていた。佐藤が中に入る前に後ろを振り返ると、そこに立ってこちらを見ているのはわずかに残った近所の者と番屋から来た定番だけで、小者二人はどこへ行ったのか姿が見えなかった。

見習い二人が踏み込んでみると、見世の中はかなり暗いがどうやら壁際には瀬戸物が積み上がっているようだ。割れた陶器の破片がそこら中に散らばっているかと思っていたのだが、あまり荒らされたようには見えなかった。

何をしているのか、見世の主や女房は座敷に引っ込んだままでなかなか出てこないものの、裄沢はのんびりと待っているようだ。「催促しますか」と声を掛けようかと思ったが、なぜか躊躇われて裄沢の次の動きを黙って見守ることにした。

と、ようやく座敷の襖が開けられる。

幼い子供二人を連れて現れたのは、亭主のほうだった。女房は町方と接したくないのか中へ籠もってしまったようだ。

「おお、この二人がお前さん方の子供かい」

両手で子供二人の肩を抱える見世の主に裄沢が歩み寄る。

子供らは、近づいてくる侍に怯えているようだったが、裄沢は気にした様子もない。

「眠いとこ起こしちまったか。大声上げる小父《おじ》さんがやってきて、びっくりしたろう」

土間と板間の段差があるから、裄沢はさほど屈《かが》まなくとも子供らと目線を合わせられる。にこやかに語り掛けながら、二人の頭を撫《な》でた。

「もっとこっちきて、この小父さんによぉく顔を見せてみねえ」

そう言って手を広げたため、父親である見世の主は裄沢のほうへ二人の背中を押した。

裄沢は両腕に二人を抱え上げると、二人が裸足《はだし》であるのも構わず土間へ下ろした。

「よおーし、いい子だぁ」

気分が乗ったのか、ずいぶんと大きな声を張り上げた。

「うわーっ！」

ガンガンガン。

すると突然、見世の裏手で大声と大音が響《ひび》き渡った。

「な、何だっ」

佐藤と木村が驚き慌てる。

子供らはわけも判らぬままに立ち尽くし、見世の主はなぜか体勢を崩して転《ころ》びそうになっている。

裄沢の姿が、見習い二人の視界から消えようとしていた。

四

大きな声と音が響いたと同時に、裄沢は動き出していた。

子供らをその場に残し、土足で板間に上がるや目の前に立つ見世の主を突き飛ばすようにして座敷との間を隔《へだ》てる襖に到達する。

裄沢は、鴨居からはずれるほどの勢いで襖を開け放つと間を置かずに中へ飛び込んだ。

部屋の奥、暗がりの中に重なり合うような二つの人影がどうにか見える。二人ともに背後の大きな音に驚いていたようで、夜具に尻を降ろし引っ付き合うような格好をしていながら、上体だけがわずかに離れていた。

部屋に飛び込むと同時に腰から十手を抜いていた裄沢は、二つの影を視認するやいなや奥のほうの影へと手加減なしで投げ打った。

「グッ」

肩に十手を受けたらしい奥の影から押し殺した息が漏れる。

自分の投擲《とうてき》した十手に続くように二つの影へ向かって駆け込んだ裄沢は、肩に十手を受けてさらに体が離れた後ろの影を蹴り飛ばした。

「うわっ」

後ろの影から、ようやく言葉らしきものが発せられた。それは、大人の男の声だった。

蹴り飛ばした男と密着していた前のほうの影は、動き出すことなくその場で上体を折り丸くなった。

――やっぱり前のほうの影が、この家のかみさんだったかい。

男の声と前の影の動きを見て裄沢はわずかな安堵を覚えた。が、気を緩めるわけにはいかない。

裄沢は一度蹴った男をさらに蹴り飛ばし、前の影から引き離そうとした。

男は裄沢から遠ざかるように自ら後ろへ転がると、立ち上がって右腕を振り回してきた。その手には、鈍く光る刃物が握られているようだった。

もう一度蹴ろうと近づきかけていた裄沢は、振り回される刃物からいったん間を開けざるを得なくなった。

――十手の当たり方が浅かったか。

しかも、当たったのは利き腕とは反対の左肩だ。裄沢は舌打ちした。

咄嗟《とっさ》のことであり、さらに暗がりの中での投擲だからやむを得なかったとはいえ、これでことは簡単には済まなくなった。

次なる攻撃に備えようと腰だめに構えたが、男は裄沢の予測していなかった行動に出た。裄沢を刃物で軽く牽制《けんせい》すると、夜具の上で動かぬままの女房に向かったのだ。

――クソッ！

取り押さえようとしたのでは間に合わないと瞬時に判断した裄沢は、心中で悪態《あくたい》をつきながら体ごと男にぶつかっていった。

そのまま揉み合いになるだろうとの裄沢の予測は、またもはずされる。

体当たりで飛ばされた男は、裄沢には見向きもせずにまたも女房へ跳びかかろうとしたのだ。

真っ直ぐ女房へ向かっていこうとする男の手には、まだ刃物が握られたままだ。

裄沢は男が踏んでいる搔巻を引っ張り上げてグラつかせたが、男はすぐに立ち直る。

自分とそれ以外の二人との距離を見定めた裄沢は、男に立ち向かうことを諦めて女房に覆《おお》い被《かぶ》さった。

背後に迫る気配をまざまざと感じる。

——刺されたなぁ、こりゃ。

なぜかふと冷静になってそんなことを考えていた。

刺されてしまった後、男に取り縋《すが》ることぐらいはできても、押さえ込むのは無理だろう。

俺がやられた後は、見習いどもが上手くやってくれるかなぁと、迫り来る衝撃に備えながら他人事《ひとごと》のような考えが頭をよぎった。

「ぎゃあ」

どういうわけか悲鳴は裄沢の口からではなく背中のほうで上がり、襲いかかってようとした男であろう何かが上に覆い被さってきた。

裄沢が咄嗟の反応で上体を起こし撥《は》ね除《の》けたにもかかわらず、男はそれ以上の攻撃をしてくることのないままゴロリと横たわった。

「！」

そこで、今まで相手をしていた男以上の大きな影が、己のすぐそばにあることにようやく気づいた。

影になった大男は、刀を振り下ろした姿勢で静止しているようだが、その気になればすぐにも次の攻めに移れることは明らかだ。

一方のこちらは、手許に丸くなったままの女房を抱えており対応すべき手立てはない。

相手の動きを見て反応するだけだ、とじっと見やれば――大男は、残心《ざんしん》に取ったままでこちらを見返していた。

「大丈夫《でえじょぶ》かい」

大男の影がぶっきらぼうな言葉を発する。こんなところで耳にするとは思わなかった、昔から聞き慣れた声だった。

「轟次郎か……」

「無茶ぁしやがる」

　裄沢の返事を聞いて大事はないと判ったのであろう、大きな影——定町廻りの来合轟次郎は背を伸ばしつつ残心を解き、刀を鞘《さや》に納めた。

「お前、とっくに帰ったはずだろう。なんでこんなとこにいる」

　裄沢はほっとしながらも、来合へ悪たれ口を利《き》いた。

「なんてえ言い草だ。おいらが駆けつけなきゃ、お前さん今ごらぁ膾《なます》んなってるとこだぞ」

　来合は己が叩きのめした男の上体を起こし、どこで見つけたのか、おそらくはこの家の物であろう腰紐《こしひも》で縛り上げながら返答してくる。

　縛られつつある男はぐったりして気を失っているようだが、打ち身以外の怪我はなさそうで、最悪でもどこかの骨に罅《ひび》が入っているぐらいだろう。

　来合もそうなのだが、捕り方の同心には、咎人《とがにん》を「討ち取る」のではなく、あくまでも「捕らえる」ために刃引《はび》きの（刀身を研《と》がず刃を付けていない）刀を手挟《たばさ》んでいる者が多かった。これなら、刀で打ち込んだときに打撲《だぼく》を負わせることはあっても、斬り殺してしまったり血止めが効かずに重篤化《じゅうとくか》させてお調べを長引かせてしまうようなことにはならないという利点もある。

裄沢は来合の非難を無視して、己が庇った女房に怪我がないかを問い質《ただ》していた。

来合のほうは、裄沢を責めることをいったんは諦めたようだ。縛り上げた男を片手で摑《つか》み上げ、まだ意識が戻っていないであろう男を座敷からズルズル引きずり出していく。

「おい、ここの亭主と子供を呼んできてくれ。かみさんは無事だと伝えてな」

己の背へ掛けられた裄沢の言葉に、来合はフンと鼻息一つで応えた。

家族皆が家に戻って座敷に集まり、亭主にも女房の無事を再度確かめさせてから、裄沢はようやく来合とともに見習いたちが待つ見世の表へと出てきた。

小者の手によって捕り縄で縛り直された男は意識を取り戻したようで、地べたに座り込んだまま俯《うつむ》いている。小者の三吉は男の縄目を取って引き据え、もう一人も厳しい目で座り込んでいる男を監視していた。

そうした町方の面々を遠巻きに囲み、いったんは家に戻っていた近所の連中がまた集まり始めていた。

「裄沢さんっ！」

見習いの佐藤が、見世から姿を現した裄沢を見て昂奮した声を上げる。

「ああ、終わったよ」

裄沢は、穏やかな声で応じた。

安堵したというより、やりつけぬことをして、ともかく疲れ果てていた。

「あの、お怪我を……」

もう一人の見習いの木村が、心配そうに声を掛けてくる。

その視線を辿《たど》り、裄沢は己の羽織と着物の左袖《ひだりそで》が切れて、指先のほうまで血が滴《したた》っていることに初めて気づいた。

左腕を持ち上げ、奇妙な物を見るような気分で袖の切れ目から己の傷口を覗き見る。二の腕が二寸近く（約五センチ）切れて、まだ血がたらりと垂《た》れていた。

おそらくは男に体当たりしたときにでも、刃物に触れてしまったのだろう。

「ああ。今まで気づかなかったぐらいだから、大したことはないさ」

気づいてしまった今はズキズキと痛むが、指摘されるまではそれも感じてはいなかった。

来合が舌打ちして近づいてくる。後ろ腰に手挟んだ手拭《てぬぐい》を抜き出しているところからすると、傷口を縛ってくれるつもりだろう。

「ちょっと待った」

裄沢は右手を前に出して、手拭を手に近づいてくる来合を止めた。その手を懐に入れて自分の手拭を差し出す。

「傷口縛るなら、こっちを使ってくれ――そんな煮染《にし》めたような手拭《モン》で縛られたんじゃあ、傷は浅くとも膿《う》んじまって酷え目に遭《あ》いそうだ」

いくら寒風吹きすさぶ寒い時期だといっても、一日外回りをした男が使っていた手拭だ。おまけに大男の来合は汗っかきときているから、そんな物で怪我したところを覆われるのはいくらなんでも勘弁してほしい。

来合は裄沢を睨みつけるような目で見ると、己の手拭は仕舞って裄沢から差し出された物を奪い取る。上げさせた裄沢の腕を無言で縛りながら、「贅沢《ぜいたく》言いやがって」と小声で文句を言ってきた。

腹立ち紛《まぎ》れできつく縛られるかと思ったが、その手つきは存外に優しかった。

五

とりあえず瀬戸物屋の主にも再度確かめた上で騒動の因《もと》と思われる男は捕まえ

たし、詳しい事情は翌日陽《ひ》が昇ってからまた訊くことにして、近所の面々を含めて今宵は皆引き取らせることにした。

瀬戸物屋の夫婦には、申し出てくれた近所の家にひと晩泊めてもらうよう裄沢が強く勧めたこともあり、見世を留守にしたくない亭主以外は世話になることにしたようだ。

そして捕まえた男だが、ここまで罪が明らかならば通常はそのまま大番屋へ連行するところ、夜中でもあるし奉行所のほうが近い上に、改めて一から事情を話す手間もないということで、そのまま北町奉行所へ伴うことに決めた。

町奉行所には、奉行や吟味方がお白洲で詮議《せんぎ》する（取り調べる）ため小伝馬町の牢屋から連れてきた囚人を入れておく仮牢があるから、朝までそこに放り込んでおくつもりだ。

往《い》きは急いで駆けつけたが、戻りは縄尻を取った男を伴っているのでずいぶんとゆっくりした歩みになる。

裄沢ら町方の一行が歩き出してほどなく、引っ立てられる男を見ながら佐藤が騒ぎ出した。

「しかし裄沢さん、この見世は夫婦者と子供二人の四人家族だと言ってましたよね。じゃあ、こいつはいったい何者なんですか」

「騒ぎがあったからって俺たちが呼び出されることになった、こいつがその騒ぎの張本人だろうさ」

「そりゃあそうなんでしょうけど、でも、見世の主も女房もそんな話はしてなかったじゃないですか」

佐藤は、町方に偽《いつわ》りを述べた夫婦がそのまま家で休むことを赦《ゆる》されたのが納得できないらしい。

駆けつけたときにはさほどの刻限でもなかったが、後始末をしているうちにすっかり夜も更《ふ》けていた。

いろいろあって疲れたから、余計な話をする気分ではない。

それでも裄沢は、めったに遭遇しないような捕り物をその目で見たばかりの見習い相手だし、せっかくの機会だからことを分けて話してやってもいいかと思い直すことにした。

「この男が実際何をしたかったのかは知らないが、ともかく逃げ出す前に近所の連中が集まっちまったもんだから、家の者を脅して居座ることにしたんだろうよ。

人質を取られてたんだ、夫婦二人にしたって町方に迂闊《うかつ》なことは言えなかったさ。二人がそれぞれ出てくるときには、おそらく子供が人質にされてた。そして亭主が子供を連れて出てきたときゃあ、かみさんがその代わりんなってたよ」

木村は、「それで裄沢さんが……」と納得顔になる。

しかし、佐藤の反応は少し違って、吐き捨てるように言う。

「じゃあ、見世の主は女房残して子供と外へ出たってことですか」

お前なぁ、と呆《あき》れ顔になった来合が脇から口を挟んだ。

「お前さんが人質取るほうだったら、子供連れ出させせんのに亭主と女房、どっちを自分の手許に残すよ」

思いつきをそのまま口に出した軽薄さを恥じる顔になった佐藤の横で、口数の少ない木村が問うてきた。

「でも裄沢さんは、自分らも見てたあれだけのやり取りで、騒ぎを起こした野郎がまだ家の中にいるって気づけたんですか」

「まあな。見世の主も女房も、ちょいと動きが妙に思えたんでな」

「いったいどんなとこが？」と問うたのは佐藤。

「まず、見ず知らずの者が家に押し入ってきて騒ぎ出したけど、そいつがいつの間にか姿を消してどこへ失せたのかも判らねえとなったら、そのまんま家の中にいるのは不安に思うのが普通じゃないか？　なにしろ表に出さえすりゃあ、心配して集まってくれたご近所の皆さんがいてくれるんだからな。

　俺だったら少なくとも、手伝ってくれる男衆と一緒に家ん中を隅から隅まで確かめて胡乱《うろん》な野郎はどこにもいねえと得心できるまでは、女房子供は外で残りの皆さんと一緒にいさせるけどな。なのに、呼んでも一人ずつしか表にゃ出てこねえし、こっちの話が終わったらすぐ中へ戻りたがる――不思議に思って当然じゃねえか？

　それに、最初に出てきた亭主が目の前にいる俺へ妙に大きな声で話してたのが、どうにも中に残った誰かに聞かせてるように見えたんだ――そんなことするのは、表に出た己の振る舞いが誤解を受けないように気を回してるからじゃないかと思えてな」

　妙に声が大きかったのは見世の主ばかりではないと不審を覚えつつも、裄沢の話には得心できるところもあった。

「なるほど……でも、それだけですか？」

「一人ずつ出てきたってことだけじゃなくって、出てきた後の亭主や女房の言ってることや態度も不審だったってなぁ、さっきから言ってるとおりよ。ただ、それだけじゃあ確信が持てなかったんで、無理言って子供を起こして連れてくるように頼んだのさ。

そしたら、あんなに子供らのことが心配だっつって中に戻りたがってた女房が、その子供を連れ出すときにゃあ亭主任せで出てこねえ。こりゃあたぶん、騒ぎを起こした野郎がまだ中にいるんだろうと見当つけられたわけだ」

みんなが感心している中で、木村はなぜ裄沢が見世の主や女房とやり取りする際にあれほど大きな声を出していたのかに気づいた。

裄沢も亭主と調子を合わせて、まだ中に潜《ひそ》んでいるかもしれない男に自分が何をやらせようとしているのかを聞かせ、男が妙な行動に出ることのないように気を配っていたのだ。

口に出すことなく木村が尊敬の目を向ける先で、裄沢は苦笑を浮かべつつ話を続けた。

「でも、絶対そうだって確信まではなかったけどな」

そうなんですか、と佐藤が相鎚を打つ。

「ああよ、これまで会ったこともねえ相手だ。こっちが知らねえだけで、あの夫婦が単に変わり者だってことだったかもしれねえからな。

けど、かもしれねえからって知らんぷりしちまって、万一のことがあったら目も当てられねえ。やるだけやって間違いだったら詫び入れようってつもりだったんだ」

「まあ、集まってきた近所の連中から少し話を聞きゃあ、変わり者かどうかは見当がついてたはずだけどな」

と、隣から来合が合いの手を入れてくれる。

ありがたいと思いながらもそこは流して、裄沢は話を続けた。

「で、一《いち》か八《ばち》かってヤツで、『決めた合図を俺が出したら、見世の裏手で大きな音を立ててくれ』って、三吉たちに頼んだのさ」

「それが、子供らを抱えてのあの『いい子だ』って大声ですか」

三吉たち二人は裄沢の指図に従って裏手へ回り、合図を受けて近くにあった用《よう》心桶《じんおけ》を両手で思い切り打ち合わせながら大声を上げたのだった。

「で、こっちの思惑《おもわく》どおりにこいつが裏の物音に気を取られてるとこへ、飛び込んでったってことだ」

「見事召し捕るまでの腕はなかったってえとこは、残念ながら思惑違いだったけどな」

綺麗に終えた話を来合に腐《くさ》されたが、反論は一言《いちごん》もないのでただ苦笑するばかりだ。


奉行所へ到着すると、見習いの二人を先に同心詰所へ戻らせ、絎沢と来合はお縄にした賊を引き連れた三吉とともに、詰所とは反対側へ足を向ける。捕らえた男を収監しておく仮牢がそちら側にあるからだった。

「おい。ところでお前さんは、なんであんなとこに顔を出せたんだ？」

無事に男を仮牢へ入れて三吉も解放した後、絎沢はようやく気になっていたことを来合に質した。

「今さらかよ」

相手はぶっきらぼうに応じてくる。もともとがさつな男ではあるが、長年の付き合いから来合があまり訊かれたくないことなのだと察しがついた。

「ふーん。さだめしまた親戚筋から酒席に呼ばれて、嫁をもらえの何のと口うるさく言われた帰りだったたってとこか」

「お前、なんでそれをっ」

食いつくように顔を寄せてくる。

裄沢は、無事な右手で暑苦しい面を向こうへと押し戻した。

「もうとっくに仕事が終わってるだろうにいつまでもウダウダと同心詰所に残ってたのは、何か帰りたくない理由があったからだろ。にもかかわらず俺がお勝手へ白湯を汲みにいってるちょっとの間に別れの挨拶もないままいなくなったのは、何かの刻限に間に合わなくなりそうなことに気づいて慌てたからだ。

そこまで判りゃあ、後はお前さんが避けたい相手とか、その相手に言われそうなこととかを、これまでの長い付き合いの中から思い起こせばいいだけさ」

来合は釈然としない顔をしながらも、裄沢の質問には答える気になったようだ。

「ああ、言い当てられたなぁ気に食わねえが、お前さんの言うとおりだ。昨日は三反園《みたぞの》の伯父貴《おじき》に呼び出されて、通町《とおりちよう》二丁目の料理茶屋に行ってたんだ」

町奉行所の与力同心は業務上、犯罪者と深く関わるため「不浄役人」と呼ばれて他の幕臣から忌避《きひ》されることが少なくなかった。これにより、婚姻などの親戚付き合いも同じ町方の中で行うことがほとんどという状況が見られた。

来合の親戚筋に当たる三反園も町方で、確か南町で定橋掛《じようばしがかり》か何かをしている同心のはずだ。

「通町二丁目？　確かにあの瀬戸物屋からは近くだけど、家に帰るなら全くの反対方向じゃないか」

通町は日本橋から真っ直ぐ南へ下る道筋に一丁目から順に並んでおり、ちょうど二丁目の西側に桁沢らが駆けつけた元大工町がある。一方で町方の同心屋敷がある八丁堀は通町から東へ歩いた先になるから、桁沢は疑問に思ったのだ。

「そりゃあお前、いつまで独り身でいるつもりだだの、来合の家をこの先どうしてく気なんだだの、延々やられてみぃ。飲んだ気も食った気もしねえからよ、伯父貴を駕籠《かご》に乗せて帰してやってから、一石橋《いちこくばし》の袂《たもと》（橋詰《はしづめ》に飲食店があった）で飲み直そうと思ったのさ」

一石橋は北町奉行所から日本橋南へ渡る呉服橋のすぐそばにあるから、来合がそこへ向かっていたなら、自分らが奉行所から元大工町新道へ駆けつけたのと同じ道筋を逆に辿ろうとしていても、なんら不思議なことはない。

「そしたら、見世ぇ閉めた後の家の前に、ただ突っ立ってる者が何人もいるとこがあるじゃねえか。気になって近づいてみたら急に大騒ぎが起きるわ、北町奉行所の見習《みなら》いが慌ててる姿が見えるわで、さすがのおいらも仰天《ぎょうてん》したぜ」

「で、見世ん中へ乗り込んでみたら、俺があの野郎と揉み合ってるとこに出くわしたと」

「より正確に言うと、お前さんがあの野郎に刺されそうんなってるとこだったけどな」

「お前さんが伯父上から説教喰らってたのも無駄じゃあなかったわけだ」

「ああよ。これでお前に奢《おご》ってもらえる貸しがまた一つ増えたからな。少しは我慢した甲斐があったってもんだ」

「へえ、我慢ねえ。けどそりゃあ、三十過ぎてもまだ独り身でいるお前がどう見たって悪いやな」

「措《お》きやがれ。前のかみさん亡くしてからずっと男鰥《おとこやもめ》のお前さんに言われたかねえや」

「いっぺんは所帯持ってんだから、お前よりゃマシだろう」

「おいらは、お前さんとこぉ見て嫁をもらうのを躊躇うようになったんだ――あぁ、こいつもお前さんへの貸しの一つになるな」

「それで先々の不幸を避けられたってんなら、俺への借りだろうが」

「へっ、お前さんみてえにおいらも不幸になるかどうかは判らねえだろ」

「自信があんなら、さっさと身を固めちまえばいいじゃないか」

「そいつがなぁ、そこまでの自信はちょいと、な」

「悩むのは相手ができてからにしたほうがいいんじゃねえか？」

「おい、おいらだってそう捨てたモンじゃねえんだぞ」

「けっ、寝惚《ねぼ》けてんのか、どこぞの性悪《しょうわる》に騙《だま》されてんのか知らねえが、尻《ケツ》の毛まで毟《むし》られる前に正気に戻ったほうがいいぞ。お前さんなら、盥《たらい》の水に手前の顔を映しゃあ一発だ」

他の誰かが相手なら殴り合いになりそうな掛け合いをしているうちに、同心詰所の前に着いた。

六

「お疲れさん」

二人して、中へと入る。

居並んでいたのは、留守番の山口を含む見習いの三人だけだった。

「大竹さんは？」

宿直番の相役の姿がないので問うた。答えてきたのは佐藤だ。

「さあ。自分らが裄沢さんたちより一足早く戻ったときにはいましたが、出先で何があったかを聞くとそのままどこかへ行かれたようで」

「行き先も告げずにかい」

来合は表情を変えずに問うたが、その声は低かった。

宿直番とはいえ普段ならもう床に就いていておかしくない刻限だが、こんなことがあったばかりであることを考えると、相役に顔も見せぬまま見習いだけにしておくのは確かにマズい。

「便所にでも行ってるんじゃないのか――腹ぁ下したのかもしんねえな」

お気軽に適当なことを言っておいた。これでしばらくときが掛かっても、戻ってきた大竹に来合が突っかかるような事態にはなるまい。

それでも、面《つら》突き合わせないようにするのが一番だ。

「おい、ところでお前は、こんなとこにいつまでいるつもりだ。お前は明日のお勤めもあるんだろ」

見習いたちの前に自分と並んで座り込んだ来合へ、迷惑そうな顔を作って言ってやった。

「なぁに。ひと晩ぐれえ徹夜したって、何てことはねえさ」

平然と返してきた。熊並みの体力があることは知っているが、そういう問題ではない。

「お前は今晩の宿直じゃないだろ。邪魔なんだよ」

「そのうち帰るさ」

「いつ？」

「まあ、そのうちだ」

暖簾《のれん》に腕押しだった。左腕が痛むこともあって、さすがに苛《いら》ついてくる。と、表門の門番所に詰める小者が顔を出してきた。

すわまた急報か、と一瞬気を張ったが、小者の表情に緊張は感じられなかった。

「慶庵《けいあん》先生が到着しました」

慶庵？　と裄沢が首を拈《ひね》っているのには構わず、来合が門番所の小者に告げる。

「奥の座敷へ案内しといてくれ」

来合の指図を受けた小者はそのまま表門のほうへ戻っていった。

来合が裄沢へ顔を向ける。

「じゃあ、行ってこい」

「行ってこい？　どこへ」

「お前、馴れねえ騒ぎの場でもあんだけ鋭《するで》え勘働《かんばたら》き見せたのに、手前のことんなるとからっきしだなぁ」

呆れ顔で溜息をつかれてしまった。

「せっかく医者を呼んだんだ、ちゃんと診《み》てもらえ」

伴った小者のうち表門で別れたほうに、来合が金瘡医《きんそうい》（外科医）を呼ばせたのだとようやく気づいた。

「……これしきの傷で、わざわざ往診させたのか」

同じ呆れ顔を返したのだが、全く通じてはいないようだ。

「医者なんざ八丁堀にゃあゴロゴロしてんだ。家主《やぬし》の同僚を診るなぁ、店子《たなこ》（借家人）の務《つと》めみてえなもんだろ」

武家の窮乏《きゅうぼう》は幕府の御家人にも及んでおり、江戸の御府内《ごふない》各地にある組屋敷では内職が盛んに行われていた。八丁堀の町方同心組屋敷では、内職は下火な代わりに、それなりの広さがある敷地に借家を建てて貸し出す者が多かったが、治安維持に携わっているというお勤め柄、めったな者には貸し出せない。

そこで借家人には、医者や儒学者《じゆがくしや》、武術の道場などの堅い商売が多かったという。ちなみに裄沢や来合が通っていた剣術道場も、住まいと同じ八丁堀の中にあった。

「どうせそっちに帰るんだ。宿直明けに俺のほうから行ったものを」

「帰ったらそのまんま寝ちまうんだろうが」

否定できないから別な文句を口にする。

「この寒い中、叩き起こして呼び出さなくてもいいだろうに」

「外出《そとで》して寒風に当たったほうが目が醒めて、診立ての誤りも少ねえんだよ――まぁ、お前さんじゃあ、ちょっとやそっとの誤診じゃ死にゃあしねえだろうけど」

「それ、俺とどっかの定町廻りの熊公と、取り違えてねえか？」

「何だっていい。ここまで呼びつけたのぉ気の毒に思うんだったら、用事を手早く済まして帰してやんな――だから、さっさと行って診てもらえ」

来合を白い眼で睨みつつも、仕方なしに腰を上げた。

と、その来合から追加の注文が来た。

「そんで診てもらったら、お前さんは朝まで寝とけ」

「俺は今夜の宿直番だ」

「代わってやるから気にしねえでいい」

「……戻ってくんぞ」

「勝手にしろ」

治療後に復帰する許可は出たと解釈し、医者に診てもらいに行くことにした。

裄沢が詰所を出てからすぐに来合は手洗いへ用足しに行ったが、そこに大竹の姿は見当たらなかった。

戻ってきて部屋の前に立つと、中から何か揉めているような声がする。

気にすることなく戸を開けて踏み込んだ。どうやら言い合っていたのは、考えなしの佐藤と口数の少ない木村のようだ。

「どうした」

来合の問い掛けに、三人はばつの悪そうな顔になった。

そのまま黙って見ていると、留守番をしていた山口が重い口を開く。

「俺がつまらないことを教えたもんだから」

「つまらないこと？」

　またしばらく口を噤《つぐ》んだ後、渋々と答えてきた。

「鉄斎さんっていうのは裄沢さんのお祖父さんのことだけど、『やさぐれ鉄斎』となると裄沢さん当人のことだって」

「なんでそんな話を」

「元大工町から知らせがやってくるより前ですけど、佐藤がずいぶん前に亡くなったお祖父さんのことだと思って、裄沢さんに『やさぐれ鉄斎』の話を聞こうとしてたもんですから」

　すでにただの思い出話になってしまっているだろうと考えて、悪気《わるぎ》なく話題を振ろうとしたということは判った。

「それが、なんで口喧嘩になるんだ？」

　山口と佐藤の間というならまだしも、佐藤と木村でやり合っていたというのが来合には解《げ》せなかった。

　踏ん切りをつけたように、争っていた一方の当事者である佐藤が話し出す。

「なるほど、裄沢さんは確かにやさぐれだって言ったら、こいつが――」

　木村に視線を移す。どうやら木村は佐藤に反発して、裄沢の肩を持ったようだ。

おい、と山口が佐藤を窘《たしな》める。

それで佐藤はだいぶ気を鎮《しず》めたようだが、それでも自身の正当性は主張せずにおられなかった。真正面から来合を見ながら己の考えを口にする。

「だって、あんな無理して隠れてた野郎のいるとこへ飛び込んでくことはなかったじゃないですか。そんなことしたから自分も怪我したんだし、一つ間違えてたら人質になってた女房のほうも危《あや》うかったわけでしょう」

来合は、佐藤の主張を聞いて頷いた。言葉を選びつつ、この男にしては珍しく慎重に語り出す。

「確かにな。ただ、ここへの帰り道に裄沢が言ってたように、知らないふりして見逃しちゃあおけなかったってことにゃあ、お前さん方も同意するよな？するってえと、裄沢とお前さん方であの見世を取り囲むことになったわけだ。人質は少ないほうがいいし、子供二人はなんとしても取り戻してえとなれば、部屋に戻さねえでこっちの手許に留《とど》めて置くなぁ、亭主が子供二人連れて出てきたあの機会しかなかったってことになる」

来合の話に、三人が頷く。

「で、ホントに隠れ潜んでる野郎がいるかどうか、こっちの身の安全を図りながら確かめることになるわけだけど、最初に亭主と子供たちの三人を確保しちまったんだから、そんときゃあ当然向こうにもこっちの動きは知られちまってるよな。ならどうしたって女房が人質に取られて、野郎は取り籠《とこ》もり（立て籠もり）する格好になっただろうな――そうなってたらお前さん方、今ごらぁまだあの見世の周りをウロウロしてる最中だぜ。果たして、次の日の陽が落ちる前に無事に終えられてたかどうか」

来合の話は筋が通っていて得心できるが、だからといって裄沢の行為が正しかったとは佐藤には思えない。

「ですが、自分と人質の命を考えりゃあ、そうすべきだったんじゃないですか」

来合は佐藤を真っ直ぐ見返ししてしっかりと頷いた。

「お前さんの言ってるこたぁ正しいよ。奉行所としても、まずは手前の命を大事にし、次に人質の無事を考えて動けってのが皆への教えだ」

来合が味方してくれたことに、佐藤は得意げな顔になる。

が、来合の言葉には続きがあった。

「けどな、おいらぁ裄沢がやったことも間違いだったとは思っちゃいねえ」

「！　――それは？　偶々《たまたま》上手くいったからですか」

道理の通らぬもの言いに憤《いきどお》る佐藤へ、来合はゆっくりと首を振る。

「いいや。人質になってた女房だけどな、ありゃあおそらく腹ボテだ」

「？」

「腹ん中に、三人目がいるだろうってことよ」

「！」

暗がりだったせいも少しはあるのか、女房の腹は全く目立っていなかった。そして妊娠初期がなかなか不安定だということも、見習い三人は知らない。

来合は淡々と続ける。

「もし奉行所が『こうしろ』って皆に言ってるとおりにして、取り籠もりを囲むようんなってたら、そっからどれだけときが掛かってたかは判らねえ。女房とその腹ん中にいる赤子にとっちゃあ、でえぶ負担になったろうなぁ」

「……裄沢さんは、そこまで気づいてて……」

「ああ。そうじゃなきゃあ、あいつだってあそこまでの無茶はしねえよ」

来合が気づいたのは、潜んでいた男をお縄にして家族全員が揃った後だった。皆で無事を喜び合っているときに、女房がさすっていた腹へ、亭主もそっと手を置いたのだ。

そんな二人の姿も、裄沢の無謀な行動に不審を覚えていなければ見逃していたかもしれない。

おそらく裄沢は、亭主や女房のもっと微妙な口吻《こうふん》か素振《そぶ》りからこれを察知していたのであろう（実際に裄沢が目にしたのは、外へ呼び出した女房が自分の前帯を無意識に触れているところだったが、来合はそこまで知らない）。

裄沢は、隠れ潜んでいる者が本当にいるかどうか判らぬままに強行突入したことを「一か八かだった」と言ったが、それよりも実際には、瀬戸物屋の女房が懐《かい》妊《にん》しているかどうか確かなことは判らぬままに実行に移したほうが賭けだったのではないか。

――そいつを平気でやっちまうんだから、やっぱりあいつは「やさぐれ」だけどな。

ただそれは、口には出さない。目の前の見習いどもには、そこまで教えてやるのはまだまだ早いと思ったからだった。

考え込んでいる三人に言ってやる。

「さっきも言ったように、裄沢がやったこたぁ無理筋《むりすじ》だったたって意見はそのとおりだし、町奉行所《ごばんしょ》としてもそれ以外の考えは示されねえだろう。けどおいらは、あいつの行いが間違いだったたぁ、ちっとも思っちゃいねえ。じゃあ何が正しくてどうすべきだったかってこたぁ、これからお前さん方がいろいろ経験積んでく中で、それぞれに見つけてきゃいいことだと、おいらは考える」

「……来合さんだったらどうしてましたか」

木村が訊いてきた。

「判らねえ」

「え？」

ひと言だけ答えると、三人は呆気にとられた顔になった。

「全くおんなしことは二度と起こらねえ。そんときごとに事情も違えば条件も違う。おいらにできんなぁ、その場その場で一番正しいと思ったことをやるってことしかねえ。

だからいってえ手前がどう動くのか、実際その場に立ってみなくちゃ、おいらだって判らねえのさ」

たとえ同じ場に立ったとしても、裄沢と来合では見えるものが違っていたはずだし、それが理由で取った行動も違っていたかもしれない。

あるいはこの場で何らかの結論を口にしてみせたとしても、それを金科玉条《きんかぎょくじょう》にして信奉していたのでは、実践の場で誤りを犯しかねない。

来合は、そうした己の考えを三人に示したのだ。

来合が口を閉ざしても、発言する者はいなかった。

静かになった詰所に、外から近づいてくる話し声が聞こえる。

医者と裄沢か。それとも裄沢が戻ってくる途中で大竹と行き合ったか。

いずれにせよ、今までしていた話はもうお開きにするときだった。

第三話　やさぐれ鉄斎《てっさい》

一

これは、先の二話よりおよそ十年前、裄沢広二郎《ゆきざわこうじろう》が二十歳《はたち》をいくつか越えたばかりの、いまだ若かりしころの話である。

「それは、どういうことにござりましょうか」

裄沢が、上役である本所方《ほんじょかた》与力の森川貞之助《もりかわさだのすけ》に嚙《か》みついた。

裄沢は当時、本所方同心として本勤並《ほんづとめなみ》から本勤に上がったばかりであった。

本勤並は見習いを終えたばかりの者のことで、現代の会社組織でいうなら「試用期間を終え本採用となった直後」くらいに相当する。もう一つ上の本勤になって、ようやく面倒を見てくれた先達《せんだつ》の手を離れ一本立ちしたと認められたことになる。

　きちんと一人前に扱われるには、さらに「格《かく》」と呼ばれる業務知悉者《ちしつしゃ》の職階に至る必要があった。

　本所方は与力一人に同心が三人。裄沢は北町奉行所の本所方で最も若い同心であった。その最若年の同心が、ただ一人の上役に嚙みついたのだ。

「どういうことって、お奉行からのお指図に決まっておるではないか」

　森川は裄沢の剣幕《けんまく》に圧倒されるものを覚えつつも、己を励ましながら返答した。

「お指図だとて、全てに従うことはありますまい。現に年番方《ねんばんかた》や吟味方《ぎんみかた》は、『先例に非《あら》ず』としてお指図を突き返しているではありませぬか」

「裄沢よ、町奉行所《ごばんしょ》でも力のある年番方などと我ら本所方を一緒にしてものを言うな」

「年番方などよりお立場が弱いことは判っております。それでも、お役を勤める上でできることとできぬことがございましょう――森川様は、お奉行のおっしゃるとおりにして、この本所方の仕事が成り立つとお思いですか」

「そうは言ってもなぁ……」

裄沢の正論に、森川はたじろぐばかりである。

「だいたいお奉行は着任したばかりにて、残念ながらいまだ町奉行所の仕事に精通しておられるとは申せませぬ。それを補い、導いてゆかれるのが与力たる森川様のお勤めではござりませぬか」

ときの北町奉行は柳生主膳正久通《やぎゅうしゅぜんのかみひさみち》。柳生新陰流《しんかげりゅう》の一門として将軍世嗣《せいし》の剣術指南役を務めたほどの武人でありながら、前任奉行急死の後を受けて北町奉行に抜擢《ばってき》された人物である。

時代背景としては、長年栄華《えいが》を極めた老中田沼意次《たぬまおきつぐ》が後ろ楯《うしろだて》であった十代将軍家治《いえはる》の死去に伴い失脚。その田沼の賄賂《わいろ》政治を否定し、質素倹約《しっそけんやく》を標榜《ひょうぼう》した八代将軍吉宗《よしむね》の治政復活を目指す松平定信《まつだいらさだのぶ》が新たに老中の座に就いたのが前年六月のことだった。

柳生はこの定信の老中就任の三カ月後に、旗本の出世の頂点とも言われる江戸の町奉行への栄転を果たしたのである。当然のごとく定信を篤《あつ》く信奉し、その走狗《そうく》となって理想の実現に寄与すべく勇《いさ》んで北町奉行所へ乗り込んできたのだった。

しかし、お上が方針を突然くるりと変えたからといって、下々《しもじも》の人々がすぐに順応できるわけがない。

町奉行所の与力同心は、他のお役へ転出することなく代々同じ場所で仕事に従事している。その感覚は、町方以外の幕臣と比べればずっと庶民に近いものがあった。

またそうでなければ、当時世界最大だったとも評される都市を、両奉行所合わせてたった三百人ほどの役人で治められたはずもない。

定信の求める治政の実現を性急に図ろうとする柳生と、市中に暮らす庶民に寄り添いながら現実的な対応を模索する町方役人との間に、相容《あいい》れない齟齬《そご》が生じたのも当然の成り行きだったと言えよう。

「さような先例はござりませぬゆえ」

骨のある与力は、奉行の指図をそう言って毅然《きぜん》と押し返したのだ。

これが他の役所であるなら、奉行は己の意《い》に染《そ》まぬ下役は転出させるかお役御免にするなどして強権を発動、強引にことを推《お》し進めていったであろう。

しかし町方役人は全員が代々このお役に就いている者であり、余人《よじん》をもって替えがたい技能集団、特殊な知識の保有者たちなのである。たとえ京大坂《きょうおおさか》や長崎《ながさき》あたりの町奉行所で十分な実績を積んだ人物を引っ張ってきたとしても、江戸ならではの人情風俗や商売などにおける仕来《しきた》りに精通している者でもない限り、実際使い物になるまでに相応のときを要することは覚悟せねばならないのだ。

それでもあえて奉行が現在の町方役人を追放し、代わりとして己に迎合《げいごう》する者を入れたならば、たちまち日々の業務が立ち行かなくなってしまうことは明らかだった。

老中松平定信の意に沿った政策を早急《さっきゅう》に展開していきたい奉行と、庶民が受け入れられる変化の度合いを勘案しながら徐々に進めていきたい与力同心のせめぎ合いが、あちらこちらで見られるようになっていた。

当初は急所をズバリと押さえた当該の部署へ真っ当に要望を伝えていたものの、それがほとんど実行に移されないと知るや、奉行は搦《から》め手《て》からの実現を図るようになる。

そうして、普段ならばこうした話ではあまり見向きもされない——言い換えれば力の弱い——部署に、「お奉行直々《じきじき》のお指図」が出されることになったのだった。

ちなみに、町方同心は奉行所の中で様々な役職を経験しながら実績を積み上げていくが、与力のうち少なくとも一部の者は見習い期間を終えた後、親代々のお役をほとんどそのまま引き継いでいったような形跡がある。いくつかの与力の家には、代々受け継がれていく業務の手引き書があったとされるのだ。

同心には現場に出て実務を憶える機会がいくらでも設けられているのに対し、与力はそういった経験を積むこともないままに海千山千《うみせんやません》の同心どもを率《ひき》い、多くの部署では最初からただ一人の中間管理職として職責を果たさねばならないからだろう。

そうであるならば、米相場に関わる会所の監視や、土木・都市整備に従事するなどといった専門性の高い役目ほど、お役に就く前からの教育が必要となり得る。

森川も、奉行所内の駆け引きには疎《うと》い、現代的な言い方をするなら「専門馬鹿の技術官僚」だったのだ。

「裄沢、言葉が過ぎるぞ」

森川は奉行に対する僭越《せんえつ》なもの言いを咎《とが》めるためというよりは、己に向けられている威圧を少しでも逸《そ》らそうと若い裄沢を窘《たしな》めた。

だが、そんなことで裄沢の怒りが収まるものではない。

「では森川様は、どうお考えなのですか。お奉行からのお指図どおり、万事怠《おこた》りなく仕事を進められるという目算をお持ちなのですか」

さらなる追及を受けた森川は、いくぶん口ごもりながら答える。

「全てはむつかしいかもしれぬが、少しずつならやってやれぬこともあるまい」

森川の返答を聞いた裄沢の目が据わった。

「ほう。我ら本所方のこれまでの仕事と全く違うことを、今までの仕事に支障を来《きた》さぬ形で両立できると。これは興味深いことを伺いました。実際にどうやるのか、ぜひ詳しいお話をお聞かせくださいませ」

「詳しい話と言うても、その場その場で必要なことをやっていくだけだ。ことさら工夫の要るものではあるまい」

森川様、と呼び掛けてくる裄沢の声は低かった。

そこに籠められている感情に、森川は内心で怯《おび》えを感じている。裄沢の声に含まれているのは、奉行の無理解と理不尽《りふじん》な指図に対する怒りか、それとも不甲斐《ふがい》ない上役への侮蔑《ぶべつ》の思いか。

無言の森川に、裄沢は続けた。

「我らが日ごろやっている仕事は、日々の積み重ねでようやく結果を残せるもの。しかしてこたびお奉行から新たにやれと追加されたお役目は、突然引き起こされて全ての手をそちらに取られてしまうようなものにございます。

果たして、そのような突然のお役目が出来《しゅったい》したときに、我らは日ごろのお勤めを放擲《ほうてき》しそちらに専念してよいものにございましょうや。あるいは、日ごろの仕事をこなしている最中に新たなお役目の必要を急遽《きゅうきょ》知らされた場合、新たなお役目のほうを先送りにして今手をつけている仕事を最後まで続けてよいものにございましょうや」

それは、と言いかけた森川は、いったん口を閉ざしてから頭の中で考えをまとめて言い直した。

「裄沢の言うようなことを一概《いちがい》にこうだと決めつけるわけにはいくまい。その折々の有りようによって、どちらを優先すべきかは変わってくるものであろうが」

答えるに際し、自分の言っていることが誤魔化しだという意識は森川にはなかった。

じっと聞いていた裄沢が、それで納得するはずもない。

「なればお尋ねします。お奉行が我らへ新たに為《な》せと仰《おお》せのお役目は、吃緊《きつきん》にして少しの間でもそのまま放置しておくことのできぬものが多かろうと推察されます。

森川様のお話に従うなれば、その折々でどちらを優先すべきか判断するということにございますから、これまでの仕事を途中で投げ出して新たなお役目へ向かうような事態も少なからず生じようと思われますが、こうしたそれがしの理解は誤ってはおりませんな?」

「まあ、そういうこともあろう」

問われた森川は、自分の口にしたことがなぞられただけなので頷く。

それを確認した裄沢は、理詰めで先を続ける。

「これまで続けてきた我ら本来の仕事は、日々の積み重ねでようやく結果を出せるものと申しましたが、成果が目に見えて判るような類《たぐい》のものではありませぬ。やり損じたことは後々になってからようやく判明することになりますが、そのときには市中の人々にも重大な影響が及んでいるばかりでなく、お上にも大いに迷惑を掛けることになってしまいましょう。

新たに課せられたお役目に手を取られていたがために、かような重大事が引き起こされたとき、我らが責を問われることはありますまいな——両方を万全に行うことなどできぬということは、これまでのお話で森川様もお認めになっておられますしな」

二

賄賂が横行し贅沢《ぜいたく》に流れた世の有りようを引き締め直したい老中松平定信は、武家ばかりでなく庶民へも厳しい質素倹約を求めた。しかし、日々の暮らしの質を今までより低下させるような命令に、人々が素直に従うはずもない。

己の目指す政治改革がなかなか進まないことに業《ごう》を煮《に》やした定信は、配下の面々に厳しい対処を命ずる。その矢面《やおもて》に立たされた者の中に、当然のごとく南北の町奉行も含まれていた。

北町奉行の柳生も、定信の意向が市中に広まるよう配下の与力同心へ口うるさく要求した。

しかし、市中の治安を守るとともに風紀の取り締まりも行う三廻りは、南北両奉行所を合わせて合計二十八人しかいない。当人らが手心を加えているという事情も相まって、定信や柳生が求める「質素で清貧」な町の有りようは、なかなか実現しなかった。

——三廻りだけで足りぬのならば、人を増やすまで。

柳生がそう考えるに至ったのは自然な流れであったろう。

ところが町奉行所も幕府の機構の一つであるからには、定員も予算も決まっていれば、それぞれの人員がこなすべき仕事も定まっている。勝手に人を増やすとも、どこかから余分な金を融通《ゆうずう》してくることもできるものではない。

なれば、柳生が配下に命じられることは限られてくる。

——他のお役の者に兼任させればよい。

そうして目をつけられた先の一つが、裄沢らの配されている本所方であった。

本所方は別名本所見廻り《ほんじょみまわ》とも称されるが、三廻りのような町の治安維持や犯罪者の検挙を役目としているわけではない。

その主な仕事は、道の整備や橋梁《きょうりょう》の管理維持、数多くある堀川の岸辺の保全と定期的な浚渫《しゅんせつ》（上流から運ばれて堀川の底に溜まった泥土や沈んでいる塵《ごみ》などを取り除いて流量を確保、大雨になっても水が溢《あふ》れ出すことなく流れていくようにしておく）の実施などになる。

一面が埋立て地である本所深川は、他の地域に比べ土地が低く水害の多い場所であるから、水が出たときのために舟を用意しておき被災者の救難に当たるという任務も担《にな》わされていた。

いずれにせよ、普段から本所深川のいたるところに足を運び、地理にも人々の暮らしにも詳しい者らだと言える。

このことから、本所深川に関する定町廻《じょうまちまわ》りの仕事の多くを本所方へ移管し、手の空いた定町廻りは他の地域へ宛ててご城下の周囲を手厚くする、というのが新奉行となった柳生の目論見《もくろみ》であった。

内与力《うちよりき》を通じて町奉行の強い意向を知らされた森川が、圧力に屈しかけて裄沢から突き上げられているというのが今の状況なのだ。

「それは……」

理詰めで迫られて返答を逡巡《しゅんじゅん》した森川へ、裄沢はさらに畳みかける。

「では、両方の仕事、お役目が重なったために十分に手当てができなかったことについては、我らが咎められることはないということを、はっきりさせていただけましょうや。そうでなければ、森川様のお指図に従いこれからの勤めに専心することができませぬゆえ」

「……ここで、『咎めることはない』と、明言すればよいか」

肚《はら》を決めて言い放った森川だったが、裄沢は突き放した。

「足りませぬな」

「なっ！」

憤然とする森川をよそに、裄沢は淡々と言い放つ。

「書面にして残していただきましょう――ああ、森川様だけではなく、お奉行にも『了承している』旨《むね》、一筆添えていただきたく存じます」

「そなた、まさかそんなことまで……」

森川は呆れ顔で裄沢を見返した。「重大事が起こっても責任を問わぬ」などという保証を、奉行が配下の同心に対して行えるわけがない。

「やっていただけませぬか？　それは、無理な仕事を押しつけながら、何かあれば我らに全ての責を負わせんということにござりましょうや？」

言葉もなく怒りを押し殺している森川へ、裄沢は平然と言い返した。

「そうしたことが起こったときには森川様が責任を取られるというのなら、お止めは致しませぬ。どうぞお好きになされませ。ただ、我らまでそれに付き合わされるのは御免蒙《ごめんこうむ》りとう存じます」

「さような重大事を起こさぬようにするのが我らの務めではないかっ」

森川がついに怒鳴った。

裄沢は激高する様子なく応じる。

「その務めに支障を生じかねぬゆえ申しております――森川様。一昨年、江戸を含む関八州《かんはっしゅう》（関東地方）一円で大雨が降り続いたことがございましたな」

確認されるまでもなく皆が憶えている大災害であった。天明《てんめい》六年（一七八六）七月十二日より延々と降り続いた豪雨により利根川《とねがわ》が氾濫《はんらん》、当時幕政の中心であった老中田沼意次が不退転《ふたいてん》の決意で取りかかっていた印旛沼干拓《いんばぬまかんたく》工事の一切合財《いっさいがっさい》を押し流したのである。

この頓挫《とんざ》で、幕府の膨大な支出が何の結果も残せぬまままきれいさっぱり消えてしまった。これが田沼失脚の大きな一因となったのは、いまだ記憶に新しいところだ。

「お、おう」

己の怒りにも動じることのない裄沢に、大声を上げてしまった森川のほうが気《け》圧《お》されていた。

「我らがお役を担う本所深川も大水《おおみず》に呑み込まれ、多くの人や家屋が流されました」

このとき本所の平井《ひらい》では、地面から一丈《じょう》三尺（約四メートル）もの高さまで水が上がったとの記録が残されている。

「それがしはまだ今のお役へ転じてはおりませんでしたが、皆様のお働きに遺漏《いろう》があってあの惨事が引き起こされたとは考えておりませぬ。むしろ、皆様のお働きにもし手抜かりがあったなれば、被害はさらに大きなものとなっていたことにございましょう。

すなわち、我らがどれほど頑張っても防げぬほどの大雨や大水は、またいつか必ずやってくるはず。それは間違いございませんな？」

「……確かに、そのとおりであろうな」

一昨年の大水では森川自身がずぶ濡れになりながら懸命に己の仕事をこなしていた。裄沢が発した確認の問い掛けを、否定できるものではない。

裄沢は、我が意を得たりとばかりに胸を張って主張する。

「ところが森川様は、多くの人命に関わるこの大事な仕事を、場合によっては放り投げて新たなお役目に駆けつけろとおっしゃる」

「いや、放り投げてなどとは――」

「そうではござりませぬのか？　新たな仕事のほうに大きく手を割かれることは間違いございますまい。なれば、その分だけ今までの仕事が疎《おろそ》かになってしまうのは火を見るよりも明らかなことではございませんか？」

「……」

裄沢の厳しい追及に、森川はついに押し黙ってしまった。

森川様、と裄沢は再び静かな声で呼び掛けた。

「一昨年の大水の際にございますが、我らが持ち場とする本所深川以外でも至るところに大きな傷跡を残しましたな――たとえば神田《かんだ》では、和泉橋《いずみばし》が落ちて流されております る」

何を言い出すのかと訝《いぶか》る森川へ、裄沢は淡々と続けた。

「今より九年前、我が父が民を救《たす》けんとしてもろともに落ちて流された、その橋にござりまする」

「！」

裄沢の指摘に、森川は絶句した。

安永《あんえい》八年（一七七九）八月二十日、天明の大洪水ほどではなかったが、このときも江戸は大暴風雨に見舞われた。

臨時の見回りに駆り出された裄沢の父は、豪雨と暴風の中で無理に橋を渡ろうとしている人影を発見した。強い風雨に声は届かず、人影は叩きつける雨を避けんと俯《うつむ》いて前方を見ていなかったことから、急ぎ駆け寄って向こう岸へ追い返したはよいものの、一緒に渡りきらずにお勤めに戻ろうと神田側へ引き返したところで橋脚が崩落《ほうらく》、そのまま神田川の濁流に呑み込まれたのだった。

いまだ元服《げんぷく》すらしていなかった裄沢が急遽《きゅうきょ》町奉行所へ出仕《しゅっし》することになったのも、父親の不慮《ふりょ》の死が理由だったのだ。

「こたびのご采配《さいはい》が結局どうなろうとも、我らとて一朝《いっちょう》ことあるときには最善を尽くす所存にございます。お指図があれば、いかなる雨も風ものともせずにどこへでも参る覚悟はできております。

ですが森川様。あなた様は、他のお役目を優先したことにより十分な手当てができなかった死地へ、我らを向かわせようとおっしゃるのですか？　少なくとも我が父は、同僚の皆様が万全を期し手を入れておられた場所で武運拙《つたな》く死んでいったものと心得てはおりますが」

そう語り掛けられて、森川は返す言葉をなくしていた。

言い逃れの手立てを持たぬわけではない。しかしそんなことをすればどこまでも蔑《さげす》まれ、わずかながら残っているであろう上役としての威厳すら完全に失うことになると理解したからだった。

心の中にある存念を全て吐き出した裄沢は、静かに立ち上がるとその場を後にした。

「そなたら、俺がやさぐれに嚙みつかれている間ずっと黙ったままとは、ずいぶんと酷《ひど》いではないか」

部屋を出ていく背に、森川の愚痴《ぐち》が聞こえてきた。あるいはただ、気まずさを誤魔化したかっただけかもしれない。

森川が話している相手は、裄沢の先達になる本所方の二人の同心だ。

先達らの返答は聞こえてこなかった。

振り向かずとも、二人がどんな顔をしているかは簡単に想像がつく。きっと、何を考えているのかも判らぬような曖昧《あいまい》な笑みを浮かべているだけだろう。

森川は、先達の二人が自分に助け船を出し、裄沢を宥《なだ》める役に回らなかったことを恨《うら》めしく思っているのだろうが、道理からするなら、与力がやらせようとする無理を一番の若手に先んじて撥ね返すのが当然だったはずと裄沢は考えている。

だが、あの二人にそんなことを求めてはいない――いや、北町奉行所内のほとんどの者に対して、裄沢はそんな無駄な期待を寄せてはいなかった。

――俺にやらせときゃあ、自分らは上役から睨まれるようなこともねえってか。

ならば自分が黙していたなら先達の二人が代わりにやってくれたかと言えば、それは望み薄だ。奉行《うえ》から下ろされてきた無理がそのまま通されて、何かあったときには裄沢も含め責任を取らされることになるのがほぼ確実だった。

連中がどうなろうと知ったことではないが、そんな理不尽に巻き込まれるつもりは毛頭《もうとう》ない。そうである以上は自分で動くより仕方がなかったのだ。

――どいつもこいつも腐ってやがる。

心の中で唾棄《だき》して、振り向くことなくその場を後にした。

三

本所方に新たなお役を担わせることについて、その後どうなったのか森川から話が下りてくることはなかったが、どうやら森川が上に対しても優柔不断な態度を取っているらしく、依然として燻《くすぶ》り続けている気配があった。

森川がはっきり拒絶していないのをいいことに、そのまま済《な》し崩《くず》しにされたのでは堪《たま》らない。裄沢は、次なる手段に打って出ることにした。

が、味方のいない裄沢としては採《と》れる手立てはそう多くない。とはいえ思い切ったことをしないと無駄に終わるだけなのは、まだ十年にも満たない役人暮らしながら十分身に沁《し》みて理解できていた。

「ご免くださりませ」

裄沢が顔を出したのは、年番方が集《つど》う年番部屋であった。

年番方は奉行所内の人の配置や予算の配分などを行うお役で、現代の会社組織にたとえれば人事・経理・総務を総括する部署となろう。

室内をぐるりと見回した裄沢は、町奉行所内でも一、二を争うほどの威勢を誇る部署を任されるにしては歳若い与力のほうへ、真っ直ぐ足を向けた。

「お仕事中申し訳ございませぬ。それがしは本所方同心の裄沢広二郎と申します」

若い――とはいえ四十はゆうに越えているであろう与力は、手許の書面から顔を上げて裄沢を見る。

「本所方の同心が何用じゃ」

「は、これを」

裄沢は数枚の紙を綴《と》じて薄い冊子にした物を懐《ふところ》から取り出し、目の前の年番方与力に差し出した。

「何じゃ、これは」

手を出すことなく年番方与力が訊いてくる。

「意見書、とでも申すのでしょうか」

裄沢は、臆するところなく答えた。

「意見書？　何についての意見じゃ」

そこで裄沢は、「ここに書いてあるとおりにございますが」と前置きして、奉行から自分たち本所方に新たなお役を追加させる意向が示されていることと、その問題点について概略を説明した。

黙って聞いていた年番方与力は、裄沢が口を閉じたところで問い掛けてくる。

「そのような意見の具申《ぐしん》は、そなたの上役の与力にすべきではないのか」

「致しましたが、埒《らち》が明きそうにもありませんので」

遠慮会釈《えんりょえしゃく》一つない返答である。

目の前の年番方与力も森川のことは知っているのか、深く追及することなく次の問いに移った。

「そうか。なれどお奉行のご意向への意見なれば、御用部屋へ持っていくべきであろうが」

裄沢は、今度は黙って年番方与力の顔を見返した。

——そんなことで解決する話ならば、わざわざ手間を掛けて意見書を書き上げたりしてねえ。お奉行と直につながる御用部屋へ持っていったって内与力に握り潰されるだけだって、あんたも判ってるだろ。

無言の問い掛けは、目の前の年番方与力にも通じたようだった。それでも、確認は終わらなかった。

「それにしても、なぜこの年番部屋へ？　ここはそなたらの仕事とは直接関わりのないところだが」

「年番方は御番所内の人と金を扱うところ。人と金を扱うなれば、それぞれのお役で行う仕事を十分吟味した上で手当てを行っているはず。なれば、ここより他にこたびのご意向の適否を正しく判断できるところはないと考えます」

顔色一つ変えずに返答してきた裄沢をじっと見ていた年番方与力は、ようやく手を出して裄沢の『意見書』を受け取ると、パラパラと捲《めく》りながらざっと目を通した。

視線を落としたまま、口を開く。

「この書きようや今のそなたのもの言いからすると、意見書というよりは異議の申し立てだとも受け取れるが」

「そう思っていただいても構いません」

はっきり答えた裄沢に、年番方与力は顔を上げる。

「ただの同心の立場で、そのようなことが許されると?」

「与力よりのお指図であっても、異議錯誤《いぎさくご》あるときは申し出ることが認められておるはずにございます」

下からの制動による組織の腐敗防止を目的として、不文律《ふぶんりつ》として定められていることであった。与力の立場からも、奉行に対し疑義あるときには目付《めつけ》へ訴え出ることが認められている。

年番方与力は、じっと裄沢を見つめて言った。

「建前では、確かにそなたの言うとおりじゃ。だが、儂《わし》が直接知る限りにおいて、今までそのようなことを行った者はほとんどいない――この意味は、判るな？」

どれだけ正当な主張であっても、表沙汰にして騒ぎ立てるような行為は和を乱すとして、不快に思う者も多いということだ。周囲から孤立する結果になることも、後々報復を受けることもあるのを十分承知した上での断行かという問い掛けだった。

「判っておるつもりにございます。なれど、もしこれをやらずして上からのご意向が通った末に、それがしの懼《おそ》れる事態が起こってしまったならば、増える犠牲は数十人程度では済まぬことになりかねませぬゆえ」

「……その身に代えても民や同僚を守ると？」

「いいえ、全く――そのような崇高《すうこう》な考えではございません。それがしはただ、見逃した後でもしそのようなことが起こった場合に、この身に降りかかる非難の嵐を怖れておる臆病者だというだけにござりますれば」

臆病者か、と呟《つぶや》いた年番方与力はふうっと溜息をついた。

「それで、儂らまで巻き込まんとか」

「恥ずかしながら普段からの行いの悪さで孤立無援《こりつむえん》にござりますれば、たとえお一人でもお味方いただけるお人を渴望《かつぼう》致しておりまして」

年番方与力は、一度手にした『意見書』へ目を落としてから再び視線を上げた。

「これは預かっておこう――なれど、約束は何もできぬぞ」

念を押された裄沢だったが、粘《ねば》ることなく頭を下げた。

「ありがとうございます。よろしくお願いします」

ああ、と応じた年番方与力は、裄沢より預かった『意見書』を机の脇に放り出すと、もう本来の仕事へ意識を戻したようだった。

年番部屋から退出した裄沢は、珍しく口元に笑みを浮かべていた。

応対してくれた年番方与力からの返事は「何も約束できぬ」というものだったが、必ず動いてくれると確信していた。

やり取りの中で裄沢が指摘した「年番方は人と金を扱うところ」というのは、

「奉行所内全てのお役に一定以上の理解がなければ行えない仕事をやっている」という意味になる。すなわち、新奉行が着任早々示した方針に誤りがあれば、最も憂慮《ゆうりよ》しているはずの部署なのだ。

裄沢は年番方に意見書への協力を求めるという目的で足を運んだが、新たなやり方を求める新奉行と急激な変化で起こる齟齬を回避したい年番方のせめぎ合いに対し、年番方側に有力な攻め手となる武器を提供したことになったはずだった。

裄沢の主張には道理がある。

これまで周りを武家に囲まれ武家としての暮らししかしてこなかった奉行やその家臣の内与力が、裄沢の主張を覆《くつがえ》せるほどの論拠を示すことなどできるはずもなかった。かといって、業務に手抜きがあったために起こる故障（事故）を免責するような書面を奉行が出せるはずもない。

これによって奉行が意思を撤回したとき、目的を果たせなかった憤懣《ふんまん》がどこへ向かうかはさっきの年番方与力にきちんと警告された。

——けど、そんなこたぁどうだっていいや。

やさぐれた同心は、己の身に降りかかるかもしれない災難については気に掛けようとも思ってはいないのだ。

奉行の柳生が森川に圧力を掛けて本所方へ無理にも新たな仕事を加えようとした企《くわだ》ては、その後誰が何を語ったという話一つ聞こえてこないまま、いつの間にか沙汰止《さたや》みになっていた。

本所方は、何ごともなかったかのようにそれまでの仕事を続けることになったのである——ほんのささいな変化一つを除いては。

本所方同心の裄沢広二郎が高積見廻《たかづみみまわ》りへお役を転じられ、本所方には代わりの同心が一名入ってきた。そう、ほんのささいな出来事——特に欠員が生じたなどの不測の事態があったわけでもないのに、ごく短い期間でまた新たなお役に転じさせられるという突然のご下命があったことを除いては。

裄沢には、通例どおり上役である森川よりこのことが伝えられた。森川に相談もなく独断で『意見書』なる物を提出したことは、すなわち森川の顔を潰した行為になる。

急なお役替えは、一介の同心に意向を踏み躙《ふにじ》られた奉行の逆鱗《げきりん》に触れたからとも、顔を潰された森川の報復であるとも、単に口うるさい配下を森川が煙たがった結果だとも噂された。

ただ、森川はお役替えの理由については裄沢へ何も語っていない。

裄沢も、申し渡しを淡々と受け入れた。

「なぜここまでのことをやった」

お役替えを告げたとき、森川が問うたのはただそれだけだった。

もうすぐ直属の上役ではなくなる男を真っ直ぐ見返して、裄沢は感情を交えぬ声でこう答えたという。

「それがしが俸禄《ほうろく》を賜《たまわ》っておるのはお奉行からでも森川様からでもなく、お上から頂戴しているからには、仕事はお奉行や森川様のご意向に沿わんと考えて行うのではなく、いかにすれば真の意味でのご政道に適《かな》うか、ただそのことにより決めるべきかと存じます。こたびのことは、そのようにした結果というだけにござりますれば」

これに森川は応えることなく、そのまま通告を終えて裄沢の退席を許した。

四

江戸の人口は当時すでに百万を超えていたと言われており、京、大坂をはじめとして諸国から運ばれてくる物資も膨大な量に上った。

そうして各地から船で運ばれてきた荷は、荷上場《にあげば》やそこから運ばれた商家の前に積み上がる。

もともとがきちんと蔵に入れる前提で注文されていた荷さえ、以前の在庫が見込みどおり捌《さば》けていなかったり、納入先の都合で出荷が遅れたり、あるいは船が予定よりも早く到着してしまったりすれば、当座は菰《こも》を被せた程度で地べたへ積んでおくより他に処置のしようがないのだ。

高積見廻りは、こうした野積《のづ》みで違法な高さまで積み上がった荷を把握《はあく》し、適切な対処を行うよう指導することを役目とする。

そこには、荷が倒壊して人々や他の家屋に危険が及ぶことのないよう、あるいは道にはみ出し通行の邪魔になったりしないようにという意味もあるが、わざわざ町奉行所がお役として設けたのには本来別の目的があった。

ほとんど木と紙で出来ている家が密集している江戸の町では、毎日のように発生する火事はたちまち大火にまで燃え広がってしまう怖れがあった。

違法に高く積み上げられた荷に火が移り、燃え上がることによって安定性を失い倒壊すれば、それだけ火の粉を遠くまで撒き散らすことになる。そうでなくとも、道端に半ば放置されたような荷が野積みされているのは、火付けの格好の目標になり得るのだ。

高積見廻りは、こうした大火の危険を芽のうちに摘《つ》み取ることを目的として日々の見回りを行っているのであった。

「ほう、お前《めえ》がやさぐれかい」

お役替えを言い渡されて挨拶に出向いた裄沢に、出迎えた高積見廻り与力の寺《てら》本圭太《もとけいた》は汚物を見るような目を向けて言い放った。

「本所方より参りました、裄沢広二郎にございます」

裄沢は平然とした顔で淡々と応じる。

「フン、まあいいや――でもお前、ずいぶんといろんなとこに楯突《たてつ》いてるようだなぁ。だけど、おいらの前じゃそんななぁ通用しねえぜ。よぉく肝《きも》に銘《めい》じときな」

言い放って睥睨《へいげい》してきたが、裄沢は相手をすることなくただ頭を下げて引き下がった。

ついで、同僚となる同心にも挨拶する。

「ああ、あなたが裄沢さんですか。こちらこそどうぞよろしく──なにぶん、お手柔らかにお願いしますよ」

丹野新左衛門《たんのしんざえもん》という名の同心は、裄沢よりはだいぶ先達になるはずなのに、丁寧に挨拶を返すと柔らかく笑った。

高積見廻り与力の寺本は、裄沢ばかりでなく先任の丹野に対してもずいぶんと高圧的な態度を取る男だったが、上役や力の強いお役に就いている同輩には全く違った顔を見せていた。

奉行に着任したばかりの柳生が示した新方針に対しても、脇目もふらず先陣を切って同調してみせたのである。

北町奉行所内で少なからず厄介者《やっかいもの》扱いされていた裄沢を受け入れたのは、皆が手を焼くやさぐれの手綱《たづな》をきちんと締めてみせたなら、どこかの誰かから覚えが目出度《めでた》くなるはずとの算盤《そろばん》を弾《はじ》いたからのようだった。

桁沢が着任して早々、寺本は二人しかいない配下を並べて訓示を垂れた。

「いいか、お前ら。質素倹約を奨励し贅沢を戒《いまし》める布告はこれまで何度も市中に貼り出されておるが、いまだ十分な成果が上がっているとは言えぬ状況にある。これには、ご老中松平様のご意向を受けておられるお奉行も、深くご懸念されているところである。

しかして我ら高積見廻りは、幸いなことに江戸のご府内全域に足を運ぶお勤めである上、我らが特に重点を置いて見回るのは商家の多い土地、すなわち繁華な町並みである。往来する者らの風紀を取り締まるのに、かほどに都合よきお役が他にどれほどあろうか。

そこで我ら、本来のお役を果たすため道々を歩く中で、身分にそぐわぬ身なりをした者、また贅沢品を買い求めようとする者らを見掛けた際には、いささかも容赦することなく厳しく取り締まるように、しかと申し渡しておく——なにか、言いたいことはあるか」

最後は、桁沢を睨みつけるように見ながら言ってきた。

桁沢は無言で己の前方に視線を向けたままにしている。

桁沢が食って掛かってこないのを確認するや、寺本は勝ち誇った表情になって裄沢を侮蔑の目で見てきた。

おそらくは、お役替えの懲罰《ちょうばつ》に懲《こ》りて大人しくなったと考えたのであろうが、裄沢にしてみればいちいち反駁《はんばく》するまでもないと思ったから聞き流しただけだった。

ともかくそれで解散となり、裄沢は先達の丹野に連れられて高積見廻りとして初の仕事に出発した。

高積見廻りは人数も少ないことから、通常はそれぞれが別れて別の地域を見て歩くようにしている。しかし裄沢にとっては初めての仕事ということで、半月ほどは丹野がいろいろと教えながら裄沢を案内して回ることとなった。

高積見廻りの仕事はさほど複雑なものではないため、何をやるのかは説明を受ける前からおおよそは判っているつもりであった。

しかし、見て回る際にどのようなことに目を配っておくべきか、指導をした相手をどう扱って従わせるか、悪さをしかねぬため特に気をつけておくべき相手としてどこの誰がいるかなど、実際に己でお役を果たすときには参考になる話を数多く聞けたのは僥倖《ぎょうこう》だった。

悪い噂のある若手を警戒するでもなく丁寧に仕事を教えてくれた丹野は、ある商家の前でひとくさり話をし終えた後でホウと溜息をついた。

「どうなさいました」

問うた裄沢へ自嘲《じちょう》の笑みを浮かべる。

「いや、裄沢さんほどではなくとも、私にももう少し肝があればと思いましてな」

黙っている裄沢へ、一人語りで続けた。

「そうであれば、寺本様のお考えもいくらかは変えられたのかもと考えますと……」

「無駄ではないでしょうか」

バッサリと切り捨てる言い方をした裄沢を、丹野は驚いた顔で見返した。

「あの様子では、誰が何を言っても考えを変えるとは思えません。丹野さんは妻子持ちでいらっしゃるわけですから、余計なことをして冷や飯を食わされるような目に遭う必要はないと思います」

「裄沢さん……」

「俺が不慣《ふな》れなために、しばらくは二手に分かれて仕事をこなすことができません。なれば少なくともその間は、我ら本来の仕事に専念して遅れを減らすことこそ肝要だと存じます——寺本様も、これに文句はつけられますまい」

思うところを言い切ると、そのまま足早に進む。

わずかに遅れた丹野は、新たな仕事に慣れんと四苦八苦していておかしくない後進が堂々と歩む後ろ姿を、呆れた目で見やるのだった。


それからさらに半月ほど後。高積見廻り与力の寺本が外回りへ出ようとする配下の二人を呼び止めた。

「お前ら、俺を舐《な》めてんのか」

苛立ちと怒りを滲《にじ》ませた顔で凄《すご》んできた。

裄沢《そうはく》は無表情でただ前方を見ている。丹野のほうは寺本のひと睨みですでに顔面を蒼白にしていた。

寺本が、青筋を立てて言い募《つの》る。

「俺《おり》ゃあ、なんべんも言ったよな。お役を果たしつつ、質素倹約のお達しに背《そむ》く輩《やから》は厳しく取り締まれってよ——丹野ォ、お前、俺の指図は聞けねえってえのか」

「いえ、それは……」

面と向かって怒鳴り上げられた丹野は、オタオタしてしまってまともに答えが返せない。

こんな野郎を相手にしていても埒が明かないと見限った寺本は、まるで他人事のような顔をして平然と佇んでいる裄沢へ怒りの矛先《ほこさき》を転じた。

「おい、やさぐれ。お前、前のお役で上に逆らって痛い目見たのぉもう忘れたか。それとも、こっちぃ来て好き勝手できそうだって舐めたまねしくさってやがんのか、ああ？」

裄沢は、何でもなさそうな顔をしたままようやく寺本と目を合わせた。

「お指図は承知しておりますし、できる範囲で従っておるつもりにございますが」

いけしゃあしゃあとした返答で、寺本はますます頭に血を昇らせた。

「どこが指図に従ってるってんだ。裄沢、お前、贅沢禁止に逆らったって奴を何人引っ捕らえた？　そういう奴らからいくつ贅沢品を取り上げてきた、ああ？」

「何人にやったかまでは数が多過ぎて憶えてはおりませぬが、お役目の途中で見掛けた際には呼び止めて、きつく言い聞かせておりますれば」

「そんな生温《なまぬる》いことで済ませていいって誰が言った？　俺は、そんな指図をした憶えはねえぞっ」

強くなじられても、裄沢の表情は変わらない。

「あくまでも本来のお役目の途中にござりますから、掛けられる手やときが限られてしまうのはやむをえぬことにて――」

「そんなやり方を誰が認めたっつってんだよ！」

寺本様、と裄沢は落ち着いた声で呼び掛けた。

「定町廻りが六人で経巡《へめぐ》っている江戸のご府内を、我ら高積見廻りの同心はたった二人で駆けずり回っております。しかも、定町廻りは非番（休日）や重大事案の探索などで手が回らぬときは臨時廻りが代わりを勤めてくれるのに対し、我らはいずれかが非番の日はその分だけ人手が減ることになります。

いかに仕事の中身が違うとは申せ、これだけの人数差がある中、足を運ぶ土地の広さはそこまで変わらぬとなれば、新たな仕事に割ける手間やときが限られてしまうのはどうしようもありませぬ」

「お前なぁ――」

寺本が因縁《いんねん》をつけようとするのを遮るように、裄沢は言葉を付け足した。

「ですが、寺本様お求めの仕事にもっと手間暇を掛ける手立てはございます」

自分に逆らってくるとばかり思っていた相手からの意外な話に、寺本は一瞬言葉を詰まらせた。

「そんなやり方があるってんなら、なぜ最初からやらねえ」

「やりましょうか？　では、どうやるかを申し上げます――なに、簡単なことですので。

要は、人手が足らぬのが問題だというだけですから。今の二人ではなく、高積見廻り全員で市中の見回りに当たれば人数は五割増しになるわけですから、新たに付加された仕事へもそれだけ手間を掛けられることになります」

「……お前」

寺本に睨まれた裄沢は、さも意外だという顔をしてみせる。

「おや、無理にございましょうか？　他のお役とは違い、高積見廻りは与力だとて書き物や報告すべき仕事はさほど多くはないと伺っておりますが。なれば手の空いた分、表へ出ることは可能にございましょう？　なにしろ我らがお叱りを受けるほど、寺本様お求めの新たなお仕事は重要なのでございましょうから」

「与力には、お前ら同心には判らねえ大事な仕事があるんだ」

「それは、お奉行のご意向を重んじておられる寺本様でも早々には済ませられぬようなお仕事なのでしょうか」

「お奉行のご意向に沿うための仕事そのものだ。お前らじゃあ、とっても任せられねえような、な」

裄沢の追及を、寺本はうるさそうにうっちゃろうとした。が、その言葉に裄沢は食いついた。

「なるほど、他の与力の方々にしつこくつきまとって酒宴に誘ったり、粗《あら》を探して内与力の方々に告げ口したりするのはお奉行のご意向だと。ならば、寺本様はお奉行直々のご下命でやっておられると、皆にお報せして構いませぬな」

「な……」

寺本は、裄沢の言いように絶句する。

北町奉行所内の与力同心を恭順《きようじゆん》させて、老中松平定信の理想を実現するための尖兵《せんぺい》にしようとする新奉行柳生の働き掛けは、相変わらず苦戦していた。

寺本は苦境にある柳生に取り入ることで気に入ってもらい、役得が多くあり威勢も振るえる吟味方や年番方へ栄転、そしてゆくゆくは筆頭与力の地位まで手に入れられればと目論《もくろ》んでいたのだった。

そのために、配下の同心二人を外回りへ送り出した後で奉行所に残った寺本が行っていたのは、与力の中に親奉行派を増やすための裏工作と、抵抗する立場を取る与力の弱味を探り出して内与力へ告げ、反奉行派の力を殺《そ》いでいくことだった。

寺本のこの動きは奉行所内で知らぬ者がいないほどあからさまなものだったから、それを裄沢が皆の前で口にしたところで実際は何の影響もない。しかし、こうした寺本の行為が「奉行の意思で行われている」として大々的に広められるとなると、また話は違ってくる。

奉行自身がこうしたことをやらせているとなれば反発する者らの連帯は強くなろうし、後ろ暗いことを堂々とやろうとする奉行側に誘われても躊躇《ためら》う者が増えることにつながる。そして何よりそんなことを柳生が耳にすれば、己の印象を悪くする寺本に不快を覚えるであろうことは確実だった。

寺本は、嫌な目で裄沢を見やった。

「お前のやってることたぁ、お奉行への反逆だ。そんなことしてて、今度の歳の暮れにゃあどうなるか、判ってんだろうな」

子が親の跡を襲い代々幕臣で在り続ける「譜代《ふだい》」の旗本・御家人とは違い、町奉行所の与力同心の立場は「抱《かか》え席《せき》」と言って「その身一代限りのご奉公」ということになっている。無論、通常ならば跡継ぎは親と同じく町奉行所の役人になれるのだが、それは形式上あくまでも「幕臣としての新規採用」なのである。

さらに町方には、年末に上役のところへ挨拶に行き「長年相勤《ちょうねんあいつと》めるべし」との言葉をいただいて、初めて翌年もお役に就くことが認められるという習慣があった。

寺本は、奉行の力を後《うし》ろ楯《だて》に、「翌年度の身分の保障はしない」と裄沢を脅したのだ。

「ご随意《ずいい》に」

裄沢はあっさりと、ごく短く返答した。

まさかそのように返されるとは思わず固まっている寺本へ、「では外回りへ行って参りますので」と告げてさっさと表へ向かう。

「お前、俺が本気でやるわけがねえなんぞと高《たか》ぁ括《くく》ってんじゃねえぞ。今度の歳の暮れを楽しみに待ってろよ」

背中から寺本の怒声がぶつけられたが、振り返ることもなく同じ足取りのまま部屋を出た。

年の瀬に町方同心が翌年の勤務継続を認められなかった場合、そのまま召し放ち（解雇）となるのか、あるいは譜代の御家人と同様に小普請《こぶしん》（お役を与えられず待機状態となる者）に組み入れられるのか、裄沢は知らない。今までそのような例がなかったからである。

勤務継続が認められないような町方役人なら、これまでは、捕らえられて罪に問われるか、あるいはそのまま追放の処分を受けることになるのが当然だったのだから。

――まあ、なるようになりゃあいいさ。

重大な覚悟を求められたにもかかわらず、裄沢にはその程度の思いしかない。裄沢の親や祖父母はいずれも他界している。齢二十歳《よわいはたち》をいくらか過ぎた身にして、すでに妻や子も亡くし全くの独り身だ。組屋敷では下働きを二人雇っているが、あの者らなら雇い止めをしてもどうにでも生きていけよう。

――ならば、特に誰のことも気にする必要はない。この身一つ、野垂れ死《のたじ》のうがどうしようが大したことではないのだし。

裄沢は、後ろから丹野が息急《いきせ》ききって追いかけてくるのも構わず、そのまいつもの顔で前へと歩み続けた。

五

その年の暮れ、裄沢は結局、寺本からお役を取り上げられることにはならずに終わった。これについては、年末を迎える前に起こった北町奉行所にとっての大きな出来事が関わっている。

裄沢が寺本との軋轢《あつれき》を高じさせていた間、老中松平定信の意向を実現しようとして配下の与力同心に無理な働き掛けを続けた町奉行の柳生は、自身の業務を遂行する上で大きな困難に直面することとなっていた。

柳生自身に十分な知識もなければ業務遂行に至るまでの段取りの詳細も知らない町奉行の職務について、配下の与力同心からの助力が十分に得られなかったからである。

これを、配下たる与力同心の反抗、非協力と一方的に非難するとすれば、いささか見方が偏《かたよ》っていよう。

奉行が強引に推し進めようとするやり方に、「それでは実際の行政が立ちゆかぬ」と判断した実務者らが庶民の暮らしに滞《とどこお》りを起こさぬよう立ち回れば、奉行からすると己の命令が実行されず、考えていることと実現されたことの間に大きな隔《へだ》たりが生じてしまうのは当然なのだから。

いずれにせよ、北町奉行が行うべき仕事の数々は著《いちじる》しく停滞した。

結果柳生は、周囲から「評定《ひょうじょう》の場において大した知恵も出さず、衣服をいじったり帳面を眺めていたりするだけだ」とか、「百年勤めたとしても急死した前任奉行の一年にも及ばない」などといった低評価を甘んじて受けることとなった。

見かねた老中首座の松平定信が、柳生を勘定奉行へ転任させたのがこの年の九月。新奉行として意欲に満ち溢れた顔で北町奉行所へ着任してから、わずか一年にも満たない日々を経てのことだった。

なお、勘定奉行に転じた柳生は定信からの信頼も篤く、その後も歴代最長となる期間この職に在任し続けたというから、文官としての能力そのものは秀《ひい》でていたと評せよう。ただ、夜遅くなっても仕事を終わらせずに配下の者を辟易《へきえき》させ続けたというから、町奉行時代の配下への不信が高じて「一から十まで全て自分で得心《とくしん》せぬと動けない」ところまで心を拱《こじ》らせていたのかもしれない。

奉行の柳生がお役替えとなって北町奉行所を去ると、奉行所内での寺本への風向きがガラリと変わった。

盤石《ばんじゃく》の後ろ楯だと自身で勝手に思い込んでいた拠《よ》り所《どころ》を失った寺本は、それまでの肩で風を切って歩いていた姿はどこへやら、オドオドと小さくなってわずかも目立つまいと大人しくしているばかりになってしまった。

この点、奉行が代わっても以前と同じ仕事ぶりを続ける本所方与力の森川とは大きな違いがある。

寺本は、裄沢の来年をどうこう言う前に、奉行であった柳生を追いかけるように奉行所を去ることになったのだった。

寺本は以前から、すでに元服した嫡男の奉行所出仕を年番方へ求めていた。年番方は慣例どおりにこれを認めたのだが、そこに寺本の隠居を嫡男採用の条件として突きつけたと噂されている。

南北町奉行所の与力はそれぞれ二十五人ずつと定員が決まっているが、普通であれば嫡男を無足《むそく》(無給)の見習いとして員数外で受け入れるか、あるいは隠居したはずの親のほうに「偶々《たまたま》立ち寄っただけ」としてしばらくの間自由に出入りを許し、己の子に実務の中で必要な業務知識を習得させていくとともに他の与力との「顔つなぎ」もさせて、円滑に町方役人としての仕事へ入っていけるようにすることが、暗黙の了解で認められていた。

年番方は、この了解事項を寺本には適用しないと突き放したのだ。

寺本にすれば、こんな予想外の条件は拒否して居座ることもできた。しかし、そうしたところでやがていずれは隠居した元与力として奉行所とは関われなくなるのだ。

無理矢理居残るようなまねをしたなら、自分がいなくなった後に子供が奉行所内でどのような扱いを受けることになるかは容易に察せられた。

ならば、代々同じ職場で働く者らの良心を信じ、親の手助けがない分、出だしで普通より余計な苦労をすることになる息子を黙って送り出してやるほうがよほど賢明だった。

しかし、たとえそうであっても、己が与力であったころの振る舞いにより息子が肩身の狭い思いをすることになりそうだと思えば居ても立ってもいられない。

特に憂慮されるのは、つい先日まで手酷く扱った覚えのある、「やさぐれ」と周囲から陰口を叩かれるほど捻《ひね》くれた男のことだった。

隠居の挨拶回りを終え家路へつこうと奉行所の門を出たところ、その男が向こうから歩いてくるところに出くわした。

「裄沢どの――」

恐る恐る呼び掛けたが、相手はまるで聞こえなかったかのようにそのまますれ違っていった。

遠ざかる背中を見やるが、振り向く素振り一つない。寺本は大きな溜息をつくと、肩を落として己の家のほうへ足取り重く歩み去るよりなかった。


裄沢に、呼び掛けてきた寺本の声が聞こえなかったわけではない。しかし、今さら弱々しい声を耳にしても交わすべき言葉を持ち合わせてはいなかった。

父親と倅《せがれ》は別の人物である。もし寺本の息子と仕事で関わり合うことになってても、父親にやられたことの意趣返《いしゅがえ》しをしようなどという考えは全くない。そのときは、他の与力に相対《あいたい》するのと変わらぬ態度で接するだけである。

ただ、そんな話を寺本にしてやるほどの配慮が必要だとは、感じていなかったというだけだ。


「おう、裄沢」

表門を入ったところで、同心詰所から出てきた来合轟次郎《らいごうごうじろう》が声を掛けてきた。

珍しく、こちらに向かって右手なんぞを挙げている。

「なんだい、ずいぶんと機嫌がいいじゃないか」

強張《こわば》っていた気持ちがほどけていくのが自分でも判った。

「いや、そんなこともねえんだが」

来合は下ろした右手で鼻の頭をポリポリと掻《か》いている。

「へーえ、お前さんみたいな朴念仁《ぼくねんじん》でも、春が来たとなるとふやけちまうモンなんだなぁ」

「からかうな。俺はちっとも変わっておらんぞ」

当時の来合は裄沢の後釜《あとがま》として本所方のお役に就いており、まだ自分のことを「俺」と言っていた。

——それにしても、来合《こいつ》の応対のキレが悪いとこっちまで調子が狂う。

まあ、浮かれてるところをあんまり冷やかすのも気の毒かと思い直して矛《ほこ》を納めることにした。

「ヘン、男鰥《おとこやもめ》の手前勝手な焼《や》き餅《もち》ってヤツさ。勘弁してくんな」

来合は、ウムともオウとも聞こえる曖昧な応《こた》えでお茶を濁《にご》す。その顔も、どこか締まりなく緩んで見えた。

無骨者《ぶこつもの》で口下手《くちべた》、おまけに無駄に大《でか》くてむさ苦しいという、もてる要素が一つも見当たらないこの男に、思いがけずも春が来た。相手は南町の与力の娘で、数寄屋橋《すきやばし》（所在地に由来する南町奉行所の別称）では悔し涙に暮れる若手の与力同心が多数に上ると噂されるほどの器量《きりよう》よしだ。

なぜこんな、大名雛《だいみようびな》と泥人形みたいな組み合わせができたかといえばびっくり仰天《ぎようてん》、与力の娘のほうが来合に懸想《けそう》したという。

きっかけは売れない黄表紙《きびようし》（当時の大衆小説）も恥ずかしくて赤くなるような筋立てで、深川の富岡《とみがおか》八幡宮に参詣《さんけい》に行った娘が土地の無頼《ぶらい》に絡《から》まれているところを、非番で偶然通りかかった来合が助けたのだという。

なぜ休みの日にわざわざそんなところに行ったのかと思えば、八幡宮の境内《けいだい》に使い勝手がよいと贔屓《ひいき》にしている楊枝《ようじ》（当時の歯ブラシ）売りがいるらしい。仕事で少なくとも数日に一度は通る場所なのに、私用については非番の日にわざわざ足を向けるというのがいかにも来合らしかった。

当人はお勤めのときの格好ではないし、名乗ることもなく立ち去ったのでその場限りの出来事のつもりだったのだが、髷《まげ》は小銀杏《こいちよう》と呼ばれる八丁堀風のままだし周囲で見世を開いているような者はみんな顔を知っているから、お供をしていた女中がちょいと周囲に当たっただけで身元はすぐに判明したようだ。

「お前、土地の岡っ引きでも使ってひと芝居打ったんじゃねえか」なんぞとからかってやりたい気持ちはあるものの、必ず殴られることになるのが判っているからやらない。

以後、どのような紆余曲折《うよきょくせつ》があったのかまでは当人が面倒がるから詳しくは聞いていないけれど、途中破談になることもなくこのたび華燭《かしょく》の典《てん》を挙げるところまで行き着いたのだった。

「まあ、独り身の気楽さを満喫《まんきつ》できんのもあと少しの間だけだ。飲みに行くならつきあってやるから、せいぜい悔いの残らないようにするんだな」

適当な返しがあると思っていた裄沢に、来合はわずかに眉を寄せて言った。

「そのことだが、少し先延ばしになるかもしれん」

「？　何かあったのか」

「いや、大したことじゃない。ただ、向こうの都合でちょっとな」

表情を見ていると、来合も詳しい事情は知らないようだ。あまり深く考えることもなく言葉を続けた。

「ふーん。まあ、楽しみはちょっとぐらい遅れたほうが大きくなるってな。今のうちにせいぜい鼻の下伸ばしとくんだな」

老中松平定信のご意向による北町奉行所への風当たりはまだまだ強いものがあるが、一番の難敵だった奉行の柳生はすでに去っている。束の間《つかま》のことかもしれないが、今は皆がひと息入れているところだった。

裄沢も来合も、このときはまだ柳生が予想もしない置き土産《みやげ》を残していったことを知らなかったのである。

六

その噂話が耳に入ってきたのは、見回りを終え同心詰所で寛《くつろ》いでいるときのことだった。

「その話、本当ですか」

普段周囲から距離を置いている裄沢が突然身を乗り出し食いついてきたことに、奥で雑談をしていた二人の同心は面食らった様子を見せた。ついで、理解をする顔になる。

「ああ、お前は来合の友人だったたな」

その来合はいまだ見回りの最中なのか、ここに姿を見せてはいない。

「そんなことより、今の話は」

「ええと。南町奉行所《むこうさん》の話だし、チラッと耳にしただけだけど、うちの娘婿《むすめむこ》も知ってたことだからまずは間違いねえかと」

言いづらそうに肯定した同心の娘婿は、確か南町の同心だ。

「そんな、まさか……」

「ああ。結納《ゆいのう》前だってんならまだしも、祝言《しゅうげん》も決まってたのにこんな仕打ちはなぁ」

衝撃を受けている様子の裄沢へ、気の毒そうに応じた。

――器量よしで評判のあの南町与力の娘が、大奥《おおおく》へ上がることになったそうだ。

これが、二人が世間話の中で持ち出した噂だ。

礼も言わずに詰所から飛び出した裄沢は、すぐにことの真偽を確かめようと動き出した。

たかが本勤になったばかりの同心風情《ふぜい》にできることは限られていたが、それでも根気強く話を拾い集めていくうちに、おおよその状況は摑《つか》むことができた。

前の北町奉行の柳生久通が、お役替えで奉行所を去る折に、件《くだん》の南町与力の娘の話を老中松平定信にしたらしい。

なぜ北町の奉行が南町の話を、と思わぬでもないが、狭い八丁堀に寄り集まって暮らす与力同心についてだから、南も北もあまり関係がなかったのかもしれない。

元高積見廻り与力の寺本は、隠居する前自分で探った話をいろいろと内与力へ告げていたが、奉行は奉行で独自の謀《はかりごと》を進めていく中で、与力の娘の評判などという余計な話まで拾ったものと思われた。

柳生が老中の定信に「話をした」となると、ただの雑談では済まない。柳生からの推挙を受けて定信が動き、南町与力の娘が大奥に上がることが決まったのだった。

無論のこと、公方様《くぼう》（将軍）の側室候補としてである。

自分で確かめながら、裄沢にはそれ以上のことなど何もできるはずがない。数少ない友のことを想いながらも、ただ歯嚙《はが》みをするばかりであった。

祝言が決まったときの、来合の嬉しげな姿が思い起こされる。

「本当に俺なんぞが出ていいのかい」

来合から婚礼の宴《うたげ》への出席を求められた裄沢は、嬉しさと同時に気後れするものを覚えながら問うた。

「どういう意味だ」

来合は、裄沢の考えが判らぬ様子で問い返してきた。

「近年の俺の悪評はお前だって知ってるだろ。そんな男が目出度い席に出たら、お前さんの迷惑に――」

自分が、周囲に対して刺々《とげとげ》しい振る舞いをしているという自覚はある。ために同じお役に就いたことのある同僚にすら――いや、同じお役に就いたことのある者にはなおさら、距離を置かれていることは理解していた。

だからといって態度を改める気はさらさらないのだが、そのために親しい者が余計な気遣いをしなければならなくなるというのは己の望むところではない。

それを口にしようとしたとたん――まず衝撃が来て、それから自分は殴られたのだと知覚した。

「俺が呼びたい奴を呼ぶ。余計な気遣いはしなくていい」

それだけ言って、来合は背を向けた。

「必ず出ろよ」

向こう向きのままそう付け加えて、振り返ることなく歩み去った姿が目に浮かぶ。

——俺がどんなに変わろうとも、あいつの態度だけは昔っからずっとおんなしままだった……。

何もできぬまま立ち尽くす裄沢は、気づけば自分の左の頬《ほお》を撫でていた。あのとき、来合に殴られた場所である。

当時感じたよりも、なぜか今のほうがずっと強い痛みを覚えていた。

いかに無体《むたい》だと憤《いきどお》っても、お上から正式に申し渡されれば拒絶する手立てはない。ましてや、相手方の南町与力から破談の申し入れがあれば、どのような抵抗も無意味であった。

来合の妻になるはずだった娘は、大奥からの迎えの駕籠《かご》に乗って八丁堀から去っていった。晴れがましい顔で送り出す親や兄弟親戚たちとは違い、当人はただ静かに駕籠に乗り込んだ。

これから女としての出世を目指そうというような昂揚《こうよう》はなく、まるで出家《しゅっけ》でもするような慎《つつ》ましさだったと、そのときの様子を見た者は語った。

当の南町与力の家へお上から申し渡しがあったと知ってから、来合は先方の家に一度も足を運ばなかったし、娘とも顔を合わせることはなかった。

娘に会えなかったのは向こうの親が家から出さなかったということもあったろうが、たとえ機会が得られたとしても来合は断ったであろう。

それは己の意地や未練を断ち切るためなどではなく、娘がすでに縁のなくなった男とまだ会っていると知られてしまったときの、大奥での先行きを案じたためだと裄沢には判る。

娘のほうも、それくらいは来合のことを判ってやってほしいと切に願った。

昼日中《ひるひなか》の八丁堀。

足取りも怪しい二本差が、女子供なら近くに寄っただけで酔っ払いそうな臭いを撒《ま》き散《ち》らしながら、こともあろうに八丁堀の組屋敷が建ち並ぶ道をふらふらと歩いていく。

やがて酔っ払いは、一軒の屋敷の門前で立ち止まった。ゆらゆら揺れる体で開かれた門の中を見やる。

敷地はざっと見て二百坪ほどと同心組屋敷の倍から三倍ほどの広さがあり、門構えも相応に立派である。おそらくは、町方与力の屋敷であろう。

門番をやっていたのか、あるいはただ屋敷周りで用事を済ませていて偶々出くわしたのか、中から中間《ちゅうげん》が一人、門前の酔っ払いを見つけて迷惑そうに顔を出した。

「これ、そのようなところで立ち止まってはならぬ。さっさとお行きなされ」

いちおう丁寧な口調を心掛けているところからすると、相手が誰かまでは知っておらずとも素性《すじょう》に予測はつけていそうだ。

酔っ払いは中間の言葉に応ずることなく、己の訊きたいことを口にした。

「ここは、先日娘を大奥へ上げたってえ南町与力の屋敷だよなぁ」

中間は「声が大きい」と叱りつけるが、酔っ払いは聞きはしない。

「なら、言うことがある――おい、娘っ子を大奥に上げたからって、ふんぞり返ってんじゃねえぞ。偉《えれ》えなぁ親の言うことに大人しく従ってお城に上がってった娘であって、親のお前さん方じゃねえんだからな」

中間は「おい、やめなされ、おいっ」と慌てて制止しようと腕を取ったが、意外なことにちょっと引っ張ったぐらいでは酔っ払いはビクともしなかった。

腕を摑まれながらも、酔っ払いは中間を無視して屋敷のほうへ叫び続ける。

「そりゃあ、お上からお達しがあったら従わないわけにゃあいかねえってなぁそのとおりだ。そのとおりだけど、そんでも人の途《みち》に沿ったやり方ってのがあるんじゃねえのか。

娘を大奥へ上げることとんなったから、夫婦の約束をしてたのは果たせなくなったってとこはどうしようもなくても、自分らのほうから破談にしなきゃならなくなったんだから、手前《てめえ》から出向いてって頭ぁ下げるぐらいは当然じゃあねえのか。

それを、『ご存じの事情により婚姻は結べなくなったからよしなに』って紙っ切れ一枚で済まそうたぁどういう料簡《りようけん》だ？　まるで、犬猫をくれてやる約束が守れなくなったってえほど、軽いやり方だよなぁ——ああ、そうかい。お前さん方ぁ、手前の娘のこたぁ犬っころとおんなしぐれえにしか思ってなかったってかい。じゃあ今度《こたび》の大奥入りについても、公方様に手前んとこの飼い犬献上したぐれえの気持ちだってこったよなぁ」

そこまで言い切った酔っ払いは、口を閉ざして屋敷のほうを睨みつけた。

その迫力に、なんとか押さえようとしていた中間も動きを止める。

酔っ払いの見つめる屋敷は、まるで誰もいないかのように、ただ森閑《しんかん》と静まり返ったままだった。

「居留守《いるす》使ってやがるか……」

「え？」

ぽつりと独り言のように呟いた酔っ払いの声は、もう素面《しらふ》に戻っているかのような平静さを感じさせた。中間は思わずその顔を見やる。

酔っ払いの目は、今の呟きと同じように冷え切っていた。

周囲の屋敷にも人影は見えない。酔っ払いが騒いでいる途中には顔を出す者もいたが、叫んでいる話の中身が判ると皆引っ込んでしまったのだった。

腕を取られている者と離すのを忘れている者、二人を除いて無人になったかのような門前に、急ぎ駆けつける跫音《あしおと》が聞こえてきた。角を曲がって姿を現したのは、雲を衝《つ》くような大男だった。

その迫力に思わず腰が引けた中間だったが、よくよく見れば己の見知った男である。

「来合様」

よくぞ駆けつけてくれたとホッとした顔になったものの、来合は中間に腕を取られたままの酔っ払いから目をはずそうとはしなかった。

「裄沢……」

来合の呟くような呼び掛けに、裄沢と呼ばれた酔っ払いは薄い笑いを浮かべた。

「ずいぶんとやってくるのが早かったなぁ」

「お前が柄にもなくへべれけで歩いているという話が聞こえてきたからな。嫌な予感がしてこっちへ足を向けたんだ」

「どこで見られたかねえ」

「そんなことはどうでもいい――帰るぞ」

来合が強引に引っ張ると、中間の力では全く動かなかった裄沢の体が簡単に引き寄せられていった。

来合は両腕で裄沢の右の肱《かいな》を抱え支えるようにしながら、中間に向かって言った。

「酔っ払いの戯言《ざれごと》ゆえ、お気になさらぬようお伝えくだされ。何かござれば、それがしのほうへ」

この騒ぎの責任は自分が取るという意思表示だった。

そんなことをさせるわけにはいかない。裄沢は「行くぞ」と引きずられながら、首だけ中間へ向けて言い放つ。

「俺ゃあ、北町《きたまち》奉行所の裄沢広二郎だ。もし文句があるんなら、直接俺んとこへやってこいって言っときな」

いいから来い、とさらに力強く引っ張られて、裄沢は南町与力の門前から遠ざかることになった。

裄沢を支えて歩く来合は、どうやらその裄沢の組屋敷へ向かおうとしているようだ。同じ八丁堀の中のことだから、さほどの距離はない。

南町与力の屋敷を離れてからは静かになっていた裄沢が、穏やかな声でぽつりと問うた。

「俺が勝手にやったことだぜ。なんであそこでぶん殴らなかった。そうしてりゃあ、お前さんに咎めが行くこたぁ考えなくて済んだのによ」

来合も、普段と変わらぬ落ち着いた声で答える。

「やりたくても俺じゃあできなかったことだ。代わりにやってくれた奴に、そこまでいい格好はさせられん」

やりたくともできない——それだけの勇気がなかったということではない。自分がそんなことをやってしまったとしたら、黙って大奥に上がった娘は何を想ってこれからの生涯を送ることになるのか……。

その心情が判るから、裄沢は不意に泣きたくなった。

そして己と、今己を支えてくれている漢《おとこ》のことを比べて思う。

――結局俺のやったこたぁ考えなし、来合のためだとか嫁になるはずだった娘のためだとかいうなぁお為《ため》ごかしで、実のところはただ手前の憤懣《ふんまん》をぶつけるためにやらかした。ホントにただのやさぐれだ。けどこいつは、こんな目に遭わされても、一途《いちず》に想う女《ひと》のことだけ考えてどこまでも己の振る舞いを律してる。図《ず》体《たい》だけじゃあなくって、心の有りようまで大人と子供だ。やっぱり、敵《かな》わねえなぁ。

ならば、こいつに比肩《ひけん》し得るようになるには俺は――

誰がどう思おうと、何を言ってこようがいいではないか。己の信じることを、ただ真っ直ぐに求めていけばよい。どんな挫折《ざせつ》があっても、目を向ける先だけは変わらない。変えてはいけない。

「なあ」

「なんだ」

「ちょいと泣いていいか」

「屋敷に着いてから独りで泣け」

「つれねえなぁ」

前後不覚になるほど酔ったようなふりは、まだしばらくの間やめられないようだった。

それからおよそ十年。来合はいまだ独り身を貫いている。

裄沢はこのときの騒ぎで重いお咎めを受ける覚悟だったが、結局南町の与力からは何の苦情も寄せられず、処分はいっさい行われずに終わった。

「このごろ裄沢が少し大人しくなったのでは」と噂されるようになったのは、それよりもう少し経ってからのことになる。しかし相変わらず周囲からは煙たがられ、次々とお役を転ずる状況に変わりはなかった。

第四話　春の雪

一

町奉行所は、江戸の町政を司《つかさど》り犯罪を取り締まるための役所である。

従って町人地で犯罪に出くわした与力同心は、たとえ取り締まり自体を主任務とする三廻りではなくとも、これに敢然《かんぜん》と対処することが求められる。

そして犯罪を目撃し対処した後には、決まりに従いきちんと報告することが義務づけられているのだ。

裄沢は宿直《とのい》番のときに受けた急報により駆けつけた先で、商家に侵入し家人《かじん》を人質に取った暴漢をお縄にすることになった。その翌日、宿直明けで通常ならば家で体を休めていればよいはずのところを、己の仕事場である北町奉行所へ出向くことになったのも、この報告のためである。

組屋敷に帰ってしばらく横になり、陽が高くなってから起き出して遅い朝餉《あさげ》を摂《と》った裄沢は、いつもとは違う刻限にのんびりと己の職場へ足を運んでいった。

ただ、家ではきちんと夜具も敷かせて寝ようとしたのではあるが、傷口が疼《うず》いてあまりよく眠れなかったために、目的地に到着してもまだぼんやりしていた。今日は本来の仕事日ではないという意識も上乗せされてのことだろう。

「おう、裄沢さん」

奉行所の敷地に入ると、さっそく声を掛けてくる者がいた。建物の中に入ってもその数は減らない。これでいったい何人目だろうか。

「ああ、お早うございます」

裄沢の挨拶に相手は呆れ顔をする。

「もう、お早うって刻限でもねえんだが」

「俺は宿直明けですから」

ホントは家で休んでるはずなんだよ、さっさと帰りたいから俺に構わないでくれ——という言外の抗議は、この相手にも通じないようだった。

呼び止めてきた相手は大仰《おおぎょう》な顔を作って問い掛けてくる。

「おお、そのことよ。昨夜の宿直番は大変だったようだな」

「ええ、まあ」

内心で溜息をつく。表情に出ていてもおかしくはないはずなのだが、なぜか相手が気づいてくれることはない。

「怪我ぁしたんだってな。具合はどうだい？」

「まあ、幸いこうやって出てこられる程度で済みましたんで」

「そうかい。賊を捕らえたって？　お手柄だったねえ」

「お手柄は、偶々《たまたま》来合《きあ》わせた来合ですよ。俺はこのとおり、怪我を負わされて散々な目に遭《あ》っただけですから」

最初にこんなやり取りをした相手へは左腕を上げて痛々しさを強調してみせたのだが、これをやると傷口に結構な痛みが走ることに驚いて、次からは右手で袖の上から患部をそっと押さえるだけにした。

やってみたら、実はこのほうが怪我人らしくていい感じだ。

「そうかい？　で、実際どうだったんだい」

裄沢の努力も虚《むな》しく、気遣う素振《そぶ》りも見せずに興味津々《きようみしんしん》で訊いてくる。

みんな、昨夜の騒動についてすでに耳にしてはいるようだが、咎人《とがにん》を捕まえたということと、その際に裄沢が怪我をしたという以上の詳細を知っている者は少ないらしい。

まあ、詳しく知っていたなら、裄沢に近づいてきてこんな根掘り葉掘りしてはこないだろうけれど。

「はて、どうだったんでしょうか。俺は斬りつけられて恐々《きょうきょう》としてただけなんで、何があったのかは実際のところさっぱりでして。

詳しいことは、賊をその手でお縄にした来合に訊いて下さいな――いやあ、俺みたいなのが刃物持った賊の前に出るなんざ、ただの匹夫《ひっぷ》の勇《ゆう》でしたね。できれば、二度とあんな場面には出くわしたくないもんですよ」

そう煙《けむ》に巻くと、「じゃあ」と言ってさっさとその場を後にする。

若手や中堅ならば、皆がいずれは三廻りを目指すというのが町方同心共通の認識である以上、自分の臆病《おくびょう》さは表に出さぬものという風潮が他の役方《やくかた》（事務官系統）の武家よりはかなり強い。

なのにあっさり自分の弱さを曝《さら》け出して見せた裄沢に、相手の男も啞然《あぜん》として引き留めることができぬまま見送った。

――報告が上がってみんなに中身が知れ渡りゃあ俺の誤魔化しはバレんだろうけど、まあそこは「やさぐれ」の言ったことだからって、呆れ返られて終わるだろうさ。

どうなろうが大して気にしていない裄沢である。

――報告がみんなに広まるまでは、俺の代わりに来合のほうへ方々から野次馬連中が群がんだろうけどな。

どうせあいつも関わり合った一人なんだからと、とんとそちらのほうを気に掛ける様子もなかった。

あの男との間で迷惑を掛けたり掛けられたりするのは、今に始まったことではないから構いはしない。

裄沢は、鼻歌交じりに己の仕事場である御用部屋へと向かった。

報告は文書で行うことになるのだが、そうすると作成できる場所が仕事場の自分の席しかないからだった。

「おう裄沢、来たか」

御用部屋に顔を出すと、さっそく三人いる内与力の中の一人、古藤《ことう》に見つかった。

内与力は裄沢ら用部屋手附同心の直属の上役であると同時に、奉行の腹心でもある。そして奉行の私事にも密接に関わることから、全員が幕臣である町方与力同心の中で、唯一「現在町奉行職にある旗本」の家来から任じられた。

何が言いたいかといえば、他のお役へと転出することもなければ、ほぼ身内だけで姻戚関係《いんせきかんけい》を結ぶという「全体で親戚同士の大きな集まり」とも言える町方与力同心の中で、内与力だけは奉行とともにやってきてはやがて去っていく「お客さん」なのである。

たとえ自分の直属の上役であっても、自然と他の与力と接するときよりも構えてしまうことになるのだ。

まあ裄沢だから、そんな細《こま》やかな心遣いなどさらさらみせる気はないのではあるが。

裄沢は、ここでもまた同じやり取りをしなくちゃならないのかと、内心で溜息をつきながらも仕方なしに寄っていく。

「このたびはご心配をお掛けしまして」

いちおうは神妙に頭を下げるふりをした。

「宿直明けで顔を出したということは、昨夜の報告か？」

「はい。非番まで終えて勤めに出てからでは遅いと思いまして」

どうやら風向きは違うようだ。

ってきた。

「お奉行がお城を下がられたら、顔を出せということだ」

続けて「これで組屋敷まで使いを出さずに済んだな」と独りごちた声も耳に入
褒められたので頭を下げたが、それだけで終わってはくれなかった。

「殊勝《しゅしょう》な心掛けだ」


ってきた。

「……それがしにですか？」

思わず、問い返した。

機構上、奉行直属の扱いになっている三廻りなどならともかく、一介の同心が奉行に直接呼ばれることなどそうあるものではない。

「他に誰がおる」

「賊を捕らえたのは、その場に居合わせた定町廻りの来合ですが」

「儂《わし》は、そなたに言うておる」

「……宿直明けで怪我もしておりますので、用事が済み次第帰れるとありがたいと思っていたのですけれど」

「いったん家に帰ってからまた呼び出されたいか？　――なに、報告の書付《かきつけ》とてそう簡単に仕上がる物ではあるまい。途中昼飯も挟むのだ。書き上げて必要なところへ持っていっているうちに、お奉行の戻られる刻限になるわ」

仮眠を取ってから朝飯を食ったので腹は空いていない、などと口にしても無駄であろう。

「はあ、判りました」

「無理せず傷口は労《いたわ》れよ」

自分の席へ戻っていく古藤の背に向かって、「どの口で言う」と心の中だけで悪態をついた。

左手が不自由では紙を押さえることができずに苦労したが、文鎮《ぶんちん》も使ってなんとか報告を書き上げると、玄関との境の廊下を通って例繰方《れいくりかた》の詰所《つめしょ》へ行った。

すると、前夜心ならずも長い間一緒にいることになった男とばったり出くわした。

「おう」

当たり前のように右手を挙げてくる。この刻限に奉行所内にいるはずのない定町廻りの来合轟次郎だった。

「なんだ、市中見回りはどうした」

「室町《むろまち》さんに代わってもらった」

室町左源太《さげんた》が就いている臨時廻りというお役は、それまでの豊富な経験を生か

して定町廻りの補佐・助言を行うものだが、来合と組むことの多いこの男につい

て、裄沢は絶えず尻拭《しりぬぐ》いをしてやっている苦労人ではないかと疑うことが少なか

ら　ずある。

「で、昨夜の報告か」

本来、来合は捕り物の場に行き合わせただけで当事者ではなかったが、実際お

縄に掛けた張本人になってしまったために、報告する義務が生じたのだった。

来合はまた「おう」とのみ応えて手にした紙をヒラヒラと振ってくる。

どう見ても一枚しかなさそうで、これで分量は足りているのかと思ったもの

の、当人が平気そうなので気にしないことにした。

気にすべきことは、他にある。

「その分量書くのに今まで掛かって、室町さんを一日歩き回らせるってか」

「ずっと掛かりっきりになってたわけじゃねえ。朝は入来《いりき》さんと一緒に元大工町

へ行ってた」

「ああ……」

来合の言い分に裄沢も納得した。

入来平太郎《へいたろう》は、昨夜の一件があった元大工町を含む日本橋南を受け持ちとする定町廻りである。神田と並ぶ繁華な土地をも受け持つ入来は、熟練の同心だ。

偶々騒ぎに遭遇して対処することになった「持ち場違い」の来合が、本来の責務者に引き継ぎをするのは当然のことだった。

「それに、ちょいと確かめたいこともあったしな」

来合が独り言のように呟《つぶや》く。

「確かめたいこと？」

「まあ、いいだろ。とにかく面倒な用事は早く済ませちまおうぜ」

言い放つや、先に立って例繰方詰所へ入っていった。

やむを得ず、裄沢も続く。

やってきた用件を述べると、この件を担当する同心が応対に立った。

二

例繰方で保存する記録はそこで独自に作られるのだが、その手始めとなるのが、こたびは裄沢らが持ち込んだ書面による報告になる。足りなかったり不明な部分は口頭での説明を求められるのだ。

昔からの慣例かどうかは知らないが、口頭での報告だけより間違いが少ないということで、裄沢が知っている限りではずっとこのようになっている。

この報告から例繰方が要点を抜粋した上で、お白洲での取り調べやどのようなお裁きが下ったかも書き加え記録として綴《つづ》られる。こうして作られ保管される記録は『御仕置裁許帳《おしおきさいきょちょう》』などと呼ばれるが、俗に言う『犯科帳《はんかちょう》』とはこれのことだ。

この例繰方の記録は、後に同様な事件が起こったときの判例として参照されることになるのだ。

自分たちよりかなり歳上の例繰方の同心は、裄沢と来合それぞれが提出した報告を一読した後、両方を並べて見比べた。

「ふーむ。コウジロウとゴウジロウ、ひと文字濁《にご》るかどうかでえらい違いだな」

来合はムッとしているが、この男が渡した書面を反対側から覗き見ると、いつもながらの蚯蚓《みみず》がのたくったような筆跡が目に入ってきた。

とうてい逆さから読んで理解できるような代物《しろもの》ではない。

「俺のほうは、もういいですかね」

来合のことは見放して訊いてみた。

「ああ、よく纏《まと》まっておるようだ。判らぬところが出てきたら、また訊きに行くゆえよろしく」


あっさりと解放してくれた。

肩の荷を下ろして腰を上げると、来合も「じゃあ、おいらも」と続こうとする。

しかし、例繰方の同心に「待て待て」と引き留められてしまった。

「毎度のことだが、そなたのは文章になっておるようでさにあらず、読めぬ文字まであって脈絡《みやくらく》がさっぱり判らん」

「そんなのは裄沢の書いたのと見比べりゃあ、さほどの手間でもないでしょう」

来合の言い草に、例繰方の同心は「そなたなぁ」と呆れ顔になった。

「我らは、謎解きをやるためにここにおるわけではない。報告までが定町廻りの務めであろうが。それを、やりつけぬ用部屋手附がここまできちんとした物を出しておるのに、そなたのこれはいったい何だ！」

言っているうちに気が昂《たか》ぶってきたのか、お説教が始まってしまった。

いつもは口頭の説明を加えてなんとか凌《しの》いでいるのであろう。それを省略しようとして、毎度苦労を掛けている例繰方同心の怒りを買ってしまったようだ。手を抜こうとして、却《かえ》って余計なときを食うことになったのだった。裄沢は例繰方同心の邪魔にならぬように、そっとその場を後にした。


御用部屋に戻ったが、やることがない。

特段の用事もないはずのお奉行が城を下がるのはおそらく九ツ半（午後一時ころ）過ぎぐらいだろうから、ただ待っているのも間が持たない。

内与力の古藤が確かめてきたように一度組屋敷へ戻ってもよかろうが、そうするとついゴロリと横になって寝てしまいそうだ。「お奉行が戻られました、裄沢はどこにも見当たりません」では、さすがにマズかろう。

――はて。ではどうするか。

そんなことを本気で考えるでもなくだらだらしていると、つい四半刻（約三十分）ほど前に別れたばかりの大男がヌッと顔を出してきた。

例繰方の同心にしても、いつまでも来合の相手をしていられるほど暇ではないということか、あるいはすでに諦められているのか。お小言は思ったよりも簡単に済んで、すぐに報告の中身に話を移したということだったようだ。

「おいらを置いてきぼりにしてさっさと居なくなりやがって、薄情な野郎だ」

ジロリと睨《にら》み下ろしてきた。

「あんなとこに俺が居残ったって何の役にも立たねえだろ。怒られてんのをそばで見聞きしねえようにしてやったんは、武士の情けと言う」

浴びせ掛けられた非難をあっさり流す。

不満そうにフンと鼻息を鳴らした来合が、何しに来たのかようやく口にした。

「飯に行くぞ。付き合え」

「寝起きに食ったばかりで、まだ腹は減ってねえな」

「そんでも、こんな辛気臭《しんきくせ》えとこでやることもなくボウッとしてるよりゃマシだろう——行くぞ」

人の仕事場を何だと思ってやがる、といちおうは頭に浮かべたものの、まあいいかと腰を上げた。

来合が裄沢を伴ったのは一石橋の袂《たもと》にある蕎麦屋《そばや》だった。造りからして夜は一杯飲み屋になるらしく、たぶん昨晩この男が飲み直しに向かおうとしていた見世なのだろう。

特に内密な話をするわけでもないから、他の客がちらほら見える中に座る。午《ひる》どきなのにこの入りでは心配になるが、おそらくは夜に稼ぐ見世なのだろう。

顔馴染みらしく、来合は手早く注文を済ませた。

腹が空いていないとはいえさすがに冷やかしでは悪いと思い、裄沢は盛り蕎麦を一枚だけ頼む。本当は食い物ではなく熱燗《あつかん》の一本ももらいたいところなのだが、これからお奉行の前に顔を出すことを考えてさすがに思い留まった。

注文を終えてやることがなくなったところで、ふとさっきのことを思い出す。

「何ニヤついてやがる。気持ちの悪い野郎だな」

来合が不機嫌そうに言ってきても、いつものことだから気にしない。

「さっきのやり取りで、ずっと昔のことを思い出したからよ」

「さっきのやり取り？」

「ああ、例繰方で言われた、『コウジロウとゴウジロウ、ひと文字濁るかどうかでえらい違いだ』ってヤツだ――お前、憶《おぼ》えてねえか」

「……何のことだ」

「ありゃあ、俺らがまだ十歳《とお》にもならないころのこった。俺が親父に連れられて高野《たかの》先生の道場に入門しにいったとき、お前さんはもう門人になってたよなぁ」

父親に連れられた裄沢は、八丁堀の同心組屋敷で借家をしている一刀流の剣術道場に入門したのだった。来合のほうはひと足先に、半年ほど早く剣を学び始めていた。

来合が胸を張って嘯《うそぶ》く。

「おいらぁお前さんたぁ違って、幼少の砌《みぎり》から見どころがあったからな。そりゃあ入門も早かったのよ」

「餓鬼《がき》のころから暴れん坊でどうしようもなかったから、少しでも落ち着かせようってんで早めに放り込んだって聞いてたぜ」

冷やかしたのを鼻息一つで流された。

「しっかし、どこの鍾馗《しょうき》様だって大《で》え図体《け》の子供《ガキ》が俺と同い年だって聞かされても、しばらくの間は信じられずにいたよなぁ」

「例繰方から言われたこたぁどうなった」

裄沢の感慨など一文の値打ちもないとばかりに、グイと話を引き戻してきた。

「ああ——ありゃあ、稽古中の短いやり取り除きゃあ、初めてお前さんと直接言葉を交わしたときだったなぁ。俺は稽古帰りにお前さんに呼び止められたんだった」

来合も思い出したのかどうか、無表情で見返してくる。

「どんな言い掛かりをつけてくるつもりかって身構えてたら、突拍子《とっぴょうし》もねえことを言い出されて呆気にとられてよ——なにしろ面《つら》ぁ合わせたとたんに、『お前、下の名前を変えろ』だもんなぁ」

「……………」

「続けて言われた科白《せりふ》がまた奮《ふる》ってたなぁ——俺の名前が紛《まぎ》らわしいんで、『高野先生に呼ばれても、俺のことなのかお前のことなのか、判らねえで戸惑ってたら怒られたじゃねえか』だもんなぁ」

「そんな昔のくだらないことを、よく憶えてるもんだな」

「俺ゃあ、どんな言い掛かりをつけられんのかってドキドキしてんのを、顔に出さねえようにするのに必死だったんだぜ。で、後から入ったのが俺のほうであるからには、こっちのほうで不都合を解消するのが当たり前だってお前さんは考えてるんだと、どうにか理解したわけだ。

　俺ゃあ言ってやったね、『来合さんは、もしそうしなきゃならなくなったら、簡単に名前を変えられるんですか』ってな。そしたらお前さん、むっつり黙り込んじまった。で、すかさず畳みかけたのさ。『俺のほうは、両親や祖父母につけてもらった名前ですから、俺だけの考えで変えることはできません。どうしてもって言うなら、家に帰って相談してからになりますが、返答はそれからでいいですか』ってよ」

「……そういやお前は昔っから、全く可愛気《かわいげ》のねえ屁理屈屋《へりくつや》だったな」

貶《けな》されたことは無視して、続きを口にした。

「で、突っぱねたけど、こっからどう出てくんだろうかと息を吞んでたら、お前さん、しつこく無理強いしてくるでも手ぇ出してくるでもなく、くるっと背ぇ向けてさっさと行っちまったんだよな。『なら、いい！』ってひと言だけ言い置いてさ。

俺ゃあ呆気にとられて、たぁだその場に突っ立って、しばらく見送っちまったぜ――まぁ、今もその一本気《いっぽんぎ》は全く変わってねえなと思ったら、ついおかしくなっちまってよ」

仏頂面《ぶっちょうづら》の来合を見ながら、ニヤニヤ笑ってやった。

今も昔も変わらないのは自分も一緒だ。屁理屈屋――そのとおりだろう。

裄沢はあのとき暗に、「親に言いつけることになるがいいのか」と問うたつもりだった。

来合があっさり引き下がったのは、そうなってはマズいと判断したのだとそのときは考えたのだが、その後いくらか付き合いが深くなってから実際には違っていたのだと気づかされた。

来合は、こちらを脅すとか、言い掛かりをつけているという意識などさらさらなかったのだ。ただ子供らしい一途さで、自分が正しいと思ったことを求めてきただけだった。

自分の心得違《こころえ》いだと気づいてしまえば、こいつは意地を張ることもなく即座に撤回した。

──全く、昔っからちっとも変わりゃあしねえ。

そう思ったらフッと笑いが込み上げてきたのだが、なぜか温かい気持ちになったのを知られたくなくて、からかうような笑みにしたのだ。

来合は裄沢のからかいの表情に構うことなく、ちょうど届けられた丼《どんぶり》を手に取った。差し向かいに同席者がいることなど忘れたかのように、蕎麦を手繰《たぐ》ることに専念する。

が、見た目とは裏腹に、心の中では裄沢から話のあった昔のことを思い出していた。

――変わらねえのはお前も同じだろうが。

後から思えば「ずいぶん身勝手な振る舞いだったな」と恥ずかしくなる言い掛かりをつけた直後から、裄沢は自分から来合に稽古の相手を求めてくるようになった。

同い年でも体格も違えば習い始めた時期も違う。来合が真剣に取り組まずとも、裄沢は手もなく拈《ひね》られるばかりだった。

それでも懲《こ》りずに、裄沢は稽古の日になると毎回相手を願ってくる。

こいつ、突っ掛かってきてるのか？　と当惑させられたものの、その都度《つど》撃退されているのでは意味がなかろうとしか思えない。それでも、望まれれば相手をしてやったし、力を抜くと怒ってくるのできちんと打ち込むことを心掛けた。

そんな毎日を送っていたあるとき、今度は来合が呼び出されるという出来事が起こった。相手は、自分より二つか三つばかり歳上の連中だった。

歳下ながら力があり、大きな体で打ち下ろしてくる来合に勝てないことがよほど悔《くや》しかったらしい。生意気だのなんだのと色々文句をつけてきたが、要は徒党《ととう》を組んで憂《う》さを晴らしてやろうという魂胆だ。

何が起こるかは判っていながら、来合は呼び出された場に一人で向かった。誰にも気づかれぬようにしたつもりだったのに、なぜか相手と向き合ったところで裄沢が姿を現した。

相手の連中は、入門したばかりのチビっこいのが一人増えたところで気にもしない。

言葉のやり取りなどは付け足しのようなものだ。向こうは端《はな》からやる気だし、来合も避けるつもりはない。すぐに竹刀《しない》を向け合うことになった。

一対一なら絶対に負けるような相手ではないが、なにしろ人数が多い上に、後ろからでも構わず打ち込んでくる。たちまち一方的に打ち据えられることになった。

それでも、なぜか自分と一緒になって闘おうとする裄沢が打ち込まれるのに気を取られていなければ、もう少しは抵抗できたように思う。

結局無茶苦茶《むちゃくちゃ》にやられて、二人して地べたに寝転がることになった。

今でも鮮明に憶えているのは、連中が去った後に裄沢から言われた言葉だ。

「来合は力が強いから、打たれるほうにはわざと強くやってると思われやすいんだ。だからあいつら、お前をあんなに悪し様《あざま》に言ってたのさ——でもな、俺は

『だから力を抜け』なんて言いたいんじゃないよ。そんなことに気ぃ配ってちゃ、上達しないもんな。

ただ、そんなふうに思う奴もいるって、それだけは知っといたほうがいいと思ったんだ。そんでもって、どうせつまらない奴らなんだから気に掛けないようにすればいいのさ。稽古仲間の中にああいう奴らもいるっていうのも、仕方ないしな」

——俺と歳も変わらないのに、こんな見方のできる奴がいたのか。

自分では考えつきもしなかったことで、何も言葉が出てこなくなった。

来合はそれまで、同じ歳ごろの子供を見下ろすことなく相対《あいたい》したことはなかった。裄沢だって、体つきや力からすればとうてい自分に敵うとは思えない。

それでも、ようやく対等に付き合えそうな仲間と出会えたことに胸がじんわりと温まっていったのを、丼の中の熱い汁を啜《すす》りながら思い出していた。

向かい側では、裄沢が不自由な左手では蕎麦猪口《ちょこ》を上手く持てずに苦労しながら蕎麦を手繰っている。

三

昼を終えて奉行所へ戻ると、ちょうどお奉行が下城したところのようで玄関の辺りが騒々しくなっていた。

裄沢はその脇を素通りして式台《しきだい》のほうから中へ入り、御用部屋に向かう。なぜか、来合もついてきた。

内与力のうち古藤はお奉行の出迎えに行ってしまっていたので、「お呼びが掛かればすぐ伺えるよう待機している」と他の与力に伝えて己の席に向かった。腰を落ち着けた裄沢と来合に見習い同心が茶を運んできた。

古藤が「お奉行のところへ」と呼びにきたのは、それを飲み終える前だった。

腰を上げると、当然のような顔をして来合もくっついてきた。

「なぜそなたがついてくる」

古藤が振り返り来合に問うた。

「昨夜の件の報告なれば、一緒のほうが手間が省けましょう」

何を当たり前のことを、と平然と返した言葉に、古藤はそれ以上追及することなく前へ向き直って足を進めた。

「裄沢を伴いました」

御用部屋の奥を仕切る屏風《びょうぶ》の前で、古藤が断りを入れる。

「中へ」

返答してきたのは古藤より若い内与力の深元《ふかもと》だ。

古藤に促《うなが》されて屏風の内へと通る。

お奉行は自身の文机《ふづくえ》を前に座し、何らかの書面に目を通しているところだった。

「来合も一緒か」

意外そうな顔をした深元へ、来合は先ほどと同じ返答をした。

「座れ」

お奉行は咎め立てることなく、手許の紙を文机に置いて二人を見てきた。

現在の北町奉行の名は小田切土佐守直年《おだぎりとさのかみなおとし》。齢《よわい》五十にして町奉行に着任、以後の数年でずいぶんと白髪《しらが》が増えたように見える。

斜め後ろに座す深元が口を開いた。

「昨夜の一件についてのあらましは読んだ」

してみると、奉行の手許にあるのはその報告のようだ。こうした一件も含め、夕刻までには様々な訴えの受付といった一日の業務の流れがまとめられて奉行へ提出される（これを一月ごとで綴った記録を『言上帳《ごんじょうちょう》』という ）のだが、それを待たずに例繰方から取り寄せたのだろう。

どうやら例繰方の同心が来合を早々に解放したのは、この臨時の報告文を早急に纏《まと》めなければならなかったからのようだ。

深元は、まず来合を見やる。

「突如《とつじょ》行き合わせた場にもかかわらずの機転、来合は見事であった」

来合は黙って頭を下げた。

次に裄沢を見ながら問いが発せられる。

「裄沢のほうはずいぶんと決着を急いだようだな。そのせいでそなたは怪我をし、人質となっていた女を危うい目に遭わせることになったのではないか」

型どおりの見解であり、もの言いではあるが、間違ってはいない。町奉行所の内与力に就任してすでに数年経つにせよ、一件の経緯《いきさつ》だけから全く経験してこなかった業務の中身についてそこまで読み取ったのは、さすがに奉行の懐刀《ふところがたな》と言えよう。

裄沢が「仰《おお》せのとおり」と詫びる前に、横合いから来合が口を出してきた。

「その人質となった瀬戸物屋の女房にござるが、懐妊しておりました」

「そは、真《まこと》か」

「後始末を委《ゆだ》ねるため、今朝入来殿と現地へ向かった際に確かめましてござる。女房は騒動後に一時体調を崩したものの、早々に助け出されたことにより、幸い腹の子にも大事はなかったと申しておりました」

裄沢を叱責するつもりであった深元は、続けるべき言葉を失った。

——間違っちゃいないんだからそのまま押し切りゃいいのに。にしても、来合が入来さんへの引き継ぎの場で「確かめたいことがあった」ってのはこれか。

深元の生真面目《きまじめ》さと来合の余計なお節介の両方に苦笑しつつ、裄沢は固まった深元の代わりに事態を先へ進めた。

「今来合に聞くまで、確かなことは存じませんでした。軽率な振る舞いでお奉行様をはじめ皆様にご心配をお掛けしたこと、真に申し訳ありませんでした」

畳に手をついて深く頭を下げた。

すると、下げた頭の向こうからお奉行が声を掛けてきた。

「皆が無事であったのだから、それでよい——で、怪我は大事ないのか」

――話の判るお奉行で助かる。

史実の小田切は、歴代の町奉行の中でも在任期間が五指に入るほどに長い人物である。それだけ幕閣の信頼も篤かったわけだが、裁きを下すに際しては温情主義を常とするかなりの穏健派《おんけん》であった。

「はい。さほどの傷ではございませぬ。本日報告を認《したた》める際にも多少の苦労はしましたが、その程度にございます」

「さようか。無理せず養生《ようじょう》いたせよ」

「お気遣い、真に忝《かたじけな》く」

これで話は終わりだろうと、来合と二人立ち上がりかけると、いったん文机に積み上がった他の書面に目をやったお奉行が顔を上げた。

「裄沢にはまだ用がある。しばし残れ」

「はあ……」

お奉行にこう言われては、来合も図々しく居残るわけにはいかない。

大きな図体が去っていく気配を背後に感じながら、いったい何を言われるのだろうかと裄沢は考えた。このお奉行が、庇《かば》い立てする者がいなくなったところでまた同じ話を蒸し返すとは思えずにいる。

来合が完全に離れたところで、深元がお奉行を促す。

「根付《ねつけ》の件を」

お奉行は、ひと言だけ答えた。

深元がちらりと裄沢を見て、すぐにお奉行に視線を戻す。

「よろしいのですか？」

ああ、と答えたお奉行は、もう書付に目を落とし別な仕事を始めているようだった。

数千人いる旗本が就く種々のお役の中で、一番の激務だと言われるのが南北の町奉行職だ。このくらいの切り替えができなければ、こなせる仕事量ではないと言えるのだろう。

深元が裄沢に問う。

「その腕では、用部屋手附の仕事はつらかろう」

「お心遣いはありがたく——しかしながら先ほども申しましたが、できぬわけではありませせぬ」

「それでも、普段どおりの数をこなすことはできまい——裄沢、場所を変える。

ついて参れ」

深元は、そう言って先に立ち上がった。

裄沢は、すでに己の仕事に没頭しているお奉行に一礼してから後に続いた。


深元が裄沢を伴ったのは、御用部屋奥の祐筆詰所《ゆうひつつめしょ》のさらに先にある小部屋だった。小部屋は廊下を挟んで二つあり、密談などに使われる。

奉行所に出仕して早《はや》二十年近くにもなる裄沢だが、ここに入ったことは数えるほどしかない。

「これからする話は内密だ。しかと心得るように」

こんなところに連れ込まれた以上はそうだろうなと思いながら、裄沢は疑問に思ったことを口にした。

「なぜ、そのような大事な話をそれがしに？」

「先ほど見ていたであろう、お奉行のご意向だ」

「なぜ、お奉行はそれがしのような者に」

「さてな。答えが欲しくば、お奉行へ直《じか》に尋ねるがよかろう」

深元自身も答えが聞きたそうな顔をしていた。

「そのお話、お聞きせぬわけには」

「断るなれば、それも直接お奉行にな」

裄沢は、出かかった溜息を押し殺して鼻から息を吐く。

「承知仕《つかまつ》りました。拝聴させていただきます」

観念して頭を下げた。

フム、と小さく唸《うな》った深元が本題に入った。

「先ごろ、お仕置きになった掏摸《すり》がおったであろう」

掏摸は捕まると一度目が敲《たた》き、二度目が入墨《いれずみ》、そしてさらに犯行を重ねればもはや更生不可能として斬首となる。その斬首刑が、先日小伝馬町の牢屋敷で執行されたのだった。

「掏摸……すると、来月行われる雑物《ざつぶつ》の競売ですか」

町奉行所もお役所であるからにはお上から予算がつくが、必ずしも潤沢《じゅんたく》とは言えず常に不足気味である。それを補《おぎな》う手立ての一つとして、賊を捕まえたときに押収した盗難品のうち持ち主の不明な物（雑物）を溜《た》めておき、年に何度か古物商を集めて競売を行い不足金の補塡《ほてん》にあてるのだ。

「察しがよくて助かるが、よく判ったな」

「お奉行が、根付と口にしておられましたから」

根付は財布や印籠《いんろう》などの紐《ひも》につける飾りで、帯に挟むなどしたとき落ちないように、滑り止めの役割を果たす小物のことだ。

「うむ。その次回競売に掛ける雑物の中に、少々曰《いわ》くのある根付のついた鮫皮《さめがわ》の煙草《たばこ》入れがあってな」

「はあ」

「手許にあるなら何が問題だ、という顔をしておるな。それが、手許になくなっておるから問題なのだ」

「……元からないのではなく、なくなったと？」

「そう申しておる」

深元は苦虫を嚙み潰す顔になって応えた。

「……町奉行所《ごばんしょ》内で盗られた――いや、すり替えられた？」

溜めてある雑物は全て記録されており、さすがに現物が影も形も無くなってしまえば騒ぎになる。

しかし、雑多で数も多い雑物の記録は、目利《めき》きでもない担当者が簡略に記したものでしかない。たとえば、「珊瑚様《さんごよう》飾り付き銀色簪《かんざし》」と記載された髪飾りについて、本珊瑚の銀簪が赤い煉物《ねりもの》の玉をつけた錫《すず》製の安物にすり替えられていても、記録上は問題が生じていないことになる。

こうした表に出ない不祥事が起こることもあるというのは、与力同心の間ではよく知られたことだった。

「ウム」

深元はますます渋い顔になって頷き、話を続けた。

「実は、さる御大身《ごたいしん》がお忍びで町家へお出になった際、どうやら死罪となったその掏摸に盗《と》られたということらしくての」

「その掏摸の仕事だというのは確かなのでしょうか」

「御大身がお奉行へ密かに相談に来られたときに聞かされた煙草入れや根付と、そっくりそのままの物を、捕まえたときに所持しておったゆえな」

「失礼ながら、誤魔化しは……」

身内の不祥事である。下手にことを荒立てるより、誤魔化せるならそうしてしまったほうがよいのではないかという考えからの問いだった。

裄沢が何を考えて問うているかは、深元も十分承知の上で答える。

「それが、当の掏摸が御大身殿にはっきり見られており、北町奉行所《こちら》で捕らえたともすでにご存じなのだ」

「捕まえたときには処分された後だったということには」

「出入りの与力より、確保済みだと先方へ伝えてしまっておってな」

「間違いだったとは」

「さすがに、の」

「なぜ、すぐに返却をなされなかったのです」

裄沢の追及に、深元は居直ったように胸を張って答えた。

「奉行所としてできることとできぬことがある――盗品の返却となれば、返した相手より受け取りをもらわねばならぬ。先方がそれを望まなんだゆえ、受け取りの要らぬ方策を取らんと考えた次第」

受け取りも出せないということは、その御大身、知られてはよほどに不味《まず》いところへ行ったのだろう。

そして深元の言う「受け取りも要らない方策」だが、奉行をはじめ町方の与力同心は競売前に事前に品物を内覧し、欲しい物があれば予約ができることになっていた。事前に古物商らに話をつけておき、競《せ》り落とした額に一割ほどの手数料を上乗せして優先的に買い取れるという仕組みがこれに当たる。

「失せた根付を、それがしに取り戻せということにございますか」

裄沢が、己の呼ばれた目的を単刀直入に訊いた。

「あるいは、すり替えた者を明らかにしてくれるだけでもよい。その際には、後はこちらで何とかする」

今自分にしているように、吟味方与力の甲斐原《かいばら》にでも頼むつもりであろうか。

「……もう一度お訊きします。なぜ、このような話をそれがしに？」

「もう一度同じ返答をせねばならぬか」

強引に受けさせようとする深元へ、裄沢は相手が内心では理解していることをあからさまにして押し返す。

「不躾《ぶしつけ》ながら、それでは足りませぬ。なんとなれば、深元様よりのこのお指図、仲間を疑いの目で見て探り出せということにござりますれば」

すり替えた者に罪があるのは当然であっても、仲間の中からそれを焙《あぶ》り出そうとする行為は、全体の秩序や相互の信頼関係を壊すものとして嫌悪《けんお》されることになる。

他の者がどうかは知らないが、実際のところ裄沢には町方の与力同心全員が仲間だという意識はない。しかし同時に、そう考える者らとあえて敵対しようという天邪鬼《あまのじゃく》な気持ちもなかった。

じっと見つめるこちらの目を、深元は真っ直ぐ見返してきた。

「それがしからの指図ではない。お奉行からのだ」

組織の最上位者の意向だと言われても、裄沢は引き下がらなかった。

「いずれの方からのお指図にせよ、やれ、とおっしゃる中身が同じからには、お返事は頂戴致しとうございます」

あえてやらねばならぬ理由が、裄沢にはない。奉行が自身の家来である内与力を伴いやがて他へ転じていく者である一方、裄沢は幕臣を辞めない限りは同じ職場に留まるのだから。

もしこの反抗によりお役を免ぜられたとしても、奉行所与力同心の総意として陰からの援助はなされ続けられようし、奉行が代わったときには何らかの救済も期待できる。

それを恃《たの》みに拒否しようという気持ちはないが、反面、地位を笠に着てのゴリ押しの要求に唯々諾々《いいだくだく》と従うつもりもない。

深元はふうっと息を一つ大きく吐くと、目に込めていた力を緩めた。

「お奉行とて、無理な求めであることは十二分にお判りだ。己の身一つでことが済むなれば上々、とのお考えをなさっておられる」

「……もしその根付が戻らねば、お奉行は職を辞されると？」

深元は裄沢の目をじっと見て語る。

「もとよりそのお覚悟をお持ちだが、お奉行がどうお考えか以前に、御大身のほうが黙ってはおられぬであろうよ」

「さほどの力をお持ちの方だと……」

深元は、「なあ、裄沢よ」と片膝を前に出した。

「相手の怒りがお奉行や我ら小田切家の家臣にのみ向けられるなれば、そなたらには関わりのないことやもしれぬ。しかし、お奉行を罷免《ひめん》する理由として、こたびの不始末が公《おおやけ》にされることもないとは言えぬのだ——手許に戻らぬ鬱憤《うっぷん》を晴らさんとするなれば、当たり散らす先はお奉行ばかりではなく、実際に不始末をしでかした町奉行所《ごばんしょ》の者であって当然なのだからの」

「何と仰せであっても、それがしには荷が勝ちすぎまする」

「昨夜の一件でのそなたの判断については、それがしも読ませてもらった。下手に廻り方や吟味方などを動かして与力同心どもの注目を集めるわけにはいかぬ以上、他に任せられる者はおらぬのだ。お奉行も、そなたが適任と考えてのご指名ぞ」

町奉行所の体面を考えたというよりは、すり替えられた品の行方《ゆくえ》を考慮しての判断であろう。奉行所内で行われた以上は内部の者の犯行と考えざるを得ず、所内で噂が流れただけで目的とする品が密かに始末されかねないのである。

「買い被りにござります――もしどうしてもお断りしたいと申し上げたら？」

「そのときには、これまで関わってきた人数のみで続けることになろうな――なにせ、大っぴらにはできぬことゆえ」

深元の顔を黙って見ていた裄沢は、諦めの溜息を一つついた。

裄沢が内与力の深元からの指示を受け入れることにしたのは、別段北町奉行所の評判を案じてのことではない。奉行が辞めさせられるほど重い譴責《けんせき》を受けるとなれば、不始末をしでかした当人もおそらくは無事には済まない。

しかし責任を問われることになるであろう少なからぬ者らのほとんどは、実際にはすり替えに全く関わっていない人々なのだ。

まるで八つ当たりのように他人の責をあげつらう御大身のために、そのような目に遭う人々が生ずることを考えれば、どこまでも拒絶するという判断はできなかった。

四

やむなく求めを受け入れた裄沢は、一件のあらましや捜すべき品物の特徴とその値打ち、今後の探索の進め方などについて、その後もしばらく話を聞いた。

小部屋を出た裄沢が向かったのは、玄関まで出て左手の廊下の端にある年番部屋《ねんばんべや》だった。その一番奥で仕事をする与力の下へ向かい、用件を告げる。

「そなたが承《うけたまわ》ったと?」

年番方《ねんばんかた》与力で、この北町奉行所の筆頭与力でもある伊佐山彦右衛門《いさやまひこえもん》が疑うような目で見てきた。

年番方は奉行所内の人の配置や予算の分配などを行う部署であり、雑物の管理や競売の実施もここが担当している。

人事異動と金を掌握《しょうあく》している部署の責任者である上、奉行所筆頭与力でもある伊佐山は、与力同心の全てが睨まれることのないよう気を遣うべき存在だった。

「そのように命ぜられました」

しかし裄沢は、畏《かしこ》まる様子もなくさらりと返した。

「なぜに用部屋手附が」

伊佐山の問いは手厳しい。

裄沢は怪我をした左腕を撫でながら平然と応ずる。

「このような有り様ですので。常の仕事はつらかろうとの仰せです」

裄沢の言うことをじっと聞いていた伊佐山は、「まあ、よい」ととりあえずは得心したらしく頷いた。「外崎《とのさき》」と、大声を出して同心を一人呼びつける。

呼ばれてやってきた同心は、伊佐山の前で膝を折り裄沢を見た。

「この者は用部屋手附同心の裄沢じゃ。聞いておろうが、宿直番で出張った昨夜の捕り物で怪我をしたため、常の仕事からははずして、しばらくは普段手が回っておらぬ雑事をやらせることになったそうじゃ。で、この年番方に関しては、蔵の中がどうなっておるかを確かめお奉行に報告したいとのこと。そなた、簡単に案内《あない》して参れ。

裄沢、ここな外崎は年番方でも欠所品《けっしょひん》（没収資産）や雑物などの扱いをしておる男だ。それ以外の収蔵物についてもおおよそは把握しておるゆえ、細々《こまごま》としたことはこの男に訊くがよい」

伊佐山は二人をそう言って引き合わせる。

互いに軽く挨拶し合った後、外崎は伊佐山の席の後ろ、部屋の一番奥の壁に掛かっている鍵束《かぎたば》を取り上げて、裄沢を先導すべく蔵へと足を進めた。

年番部屋は、表門から玄関に続く前庭を挟んで、昨夜裄沢らが宿直をした同心詰所や仮眠用の座敷などと向かい合っている。北町奉行所内に土蔵はいくつもあるが、外崎が裄沢をまず案内したのは宿直番仮眠用の座敷の前庭側に建てられたところだった。

「ご活躍は聞いております。お怪我をしておられるのに、大変ですな」

ともに同心である上、裄沢より歳上であるにもかかわらず、蔵に案内する外崎は裄沢へずいぶんと気を遣う様子を見せてきた。

雑物の取り扱いに従事しているという意味で当事者である外崎は、詳しい事情は知らされておらずとも、「すり替え」が行われた事実は認識しているはずだ。それに関して何か重大なことが起こっているのではないかという懼《おそ》れを、肌で感じているように思われた。

お奉行の指図でやってきたという裄沢に、得体《えたい》の知れぬ不気味さを覚えているのであろう。

「なに、知らせを受けて駆けつけてみたら、思わぬ騒動に巻き込まれたというだけです。災難でしたが、定町廻りの来合が偶々来合《きあ》わせてくれて命拾いをしたのは真に幸運でした」

　裄沢は当たり障《さわ》りのない受け答えをした。

　土蔵の前に到達し、外崎が扉に取り付けられた錠《じょう》を開ける。扉を大きく開くと、すぐ内側に格子の嵌《は》まった引き戸がある。これにも、外扉ほど仰々《ぎょうぎょう》しい代物ではないが別な錠が取り付けられていた。

　その戸もガラガラと引き開けられると、板間の中には、木枠と底板だけの簡素な棚がそこいら中に置かれていた。

「盗品などの雑物は、まずはお白洲のずっと裏のほう、奥庭そばの大きい土蔵に持ち込まれますが、次の競売で処分される物はこちらに運んできます」

　人が住んでいるわけではないから仕方がないのだが、一歩踏み込んですぐに埃《ほこり》っぽさを覚えた。説明を受けながら、中を見回す。

　薄暗いので確かな見分けはつかないが、壺《つぼ》や什器《じゆうき》、小簞笥《こだんす》などが無造作に並べられていた。

「陶器のように埃《ほこり》にまみれても構わない品や箱に入った物などは、このように棚に置いて並べております。さらに大きい物だと、床に直置《じかお》きですな」

「細々《こまごま》した物は？」

「小さな物や衣類、帯、反物《たんもの》などは奥の箪笥に仕舞っております」

「いちおう、そちらも見せていただけますか」

裄沢は棚に並べられた雑物へざっと目を走らせながら言う。

外崎は「こちらへ」と奥へ足を向けた。

奥の壁に大きな箪笥が並べ置かれている。引き出しは右側の列が普通の大きさ、左側がその半分の薄さになっていた。

許可を得ていくつか開けてみる。

普通の大きさの引き出しには衣類が、浅い引き出しには櫛《くし》や笄《こうがい》が入れられていた。

「おおよそですが、似たような品を近くに寄せるようにしています」

「高価な物は別にしているんですか？」

「いえ、特には。競売に掛ける品については、全てここです――我らはお役で今この仕事に就いておりますが、別段目利きの修業をしておるわけではありません。きちんと区別することはできませんから。

それに、ここに移された品はほどなく競売で売られていく物ばかりですので、いちおう二重に錠が掛けられている場所ならよかろうということになっておりまして」

最後は、半ば言い訳のように聞こえた。

「ここへ運び込まれてから、実際の競売の日に運び出されるまでの立ち入りは？」

「次回の競売を目処《めど》にして一度に運び込まれる、というわけではありません。元のほうの蔵に一度に大量の品が運び込まれたときには、言い方は悪いですが押し出されるように持ってこられる物もありますし、競売の日までにここへ運ばれた量が少ないと、追加で持ってくる物もあります——まあ、そういうのはいずれも『数合わせ』で、我らの素人目《しろうとめ》からしてもつまらぬ品ばかりですが。

つい先日も、思っていたよりも早くお仕置きが決まったとのことで、元の蔵のほうへ納めてからふた月ほどしか経たぬ品を運んでおります」

そのお仕置きとはおそらく、すり替えのあった品を掏摸盗った男のことだろう。

いずれにせよ、そう頻繁《ひんぱん》ではないまでも、たびたび人の出入りはあるということのようだ。

裄沢が、何気なく手許近くの薄い引き出しを開けると、そこには筆や水差し、硯《すずり》、文鎮などが納められていた。この場にあるということは、これらも盗品なのだろう。
――懐かしい。

不意に、そんな感慨を覚えた。
――爺様《じいさま》が、こんな物を集めてたな。

裄沢の祖父は現役で町方役人を勤めていたころから俳諧を趣味としており、鉄《てっ》
斎《さい》という俳号まで持っていた。
裄沢は隠居後の姿しか知らないが、使いもしない硯や文鎮、小さな花器《かき》などを
ひと抱えもある木箱から大事そうに取り出しては眺《なが》めていたことを憶えている。
無論どれも小役人が容易に手に入れられる程度の品で、唐土《もろこし》(中国)からの渡来
品などというご大層な物は一つもなかった。

「おい、広二郎。お前これをどう思う」
自分が拈《ひね》ったのか他の誰かの作か、細長く短冊《たんざく》形に切った半紙に記《しる》した句を見
せては、まだ小さい裄沢に感想を求めてきた。

あるときは、かの有名な『古池や――』の一句が平仮名《ひらがな》だけで認《したた》められていたが、当時の桁沢はまだ知りようもないほど幼かった。

「……ポチャン」

しばらく眺めた後でひと言そう口にした桁沢を見る祖父の、なんとも言えぬ表情がなぜかふと思い起こされる。

祖父が桁沢を可愛がってくれたことは間違いないものの、なんとか自身の趣味に染めようとしてくるのだけは幼い桁沢にとって迷惑この上ない行為だった。

先代当主へ尊敬の念を持てと教え込まれていたことから素直に言うことを聞いていたのは物心がつくころまでで、後は次第に祖父を避けるようになっていった。

今にして思えばずいぶんと冷たい仕打ちだったと考えぬでもないが、「先々のお勤めのため」として私塾での読み書きに剣術と柔術《じゆうじゆつ》の稽古まで課せられていたから、ただでさえ遊ぶ暇がなかったのだ。好きに使えるときがさらに少なくなる苦行《くぎよう》から逃げ出したのも、やむを得なかったと思えてしまう。

祖父が亡くなったのは、桁沢が十三のときだった。残された遺書《いしよ》に曰《いわ》く――

「広二郎が元服の折は、字《あざな》を鉄斎《かねとき》としてもらいたい」

このころになると自分に対して俳諧の「は」の字も口にしなくなっていたから、すっかり諦めていたものと思っていた裄沢にとっては啞然《あぜん》とするような遺言だった。あれでお茶目なところもあった祖父による、せめてもの意趣返《いしゅがえ》しであったのかもしれない。

町方の与力同心は、甲斐原のような一部の例外を除けば普段から名（通称）で呼び合うことしかしないから、実害はほとんどないはずだった。しかし、直後に父が殉職《じゅんしょく》、裄沢は元服するより先に見習い同心として奉行所への出仕が決まったのだった。

右も左も判らぬ新米は無足《むそく》（無給）見習いから始めるのが普通だが、父を亡くし家でただ一人の働き手となった裄沢には最初から俸禄が支給された。

誰が広めたのか、幼さの残る裄沢を全員年上である同僚や上役はいつしか「鉄《てっ》斎《さい》さん」と呼ぶようになっていた。

町奉行所は、現代に喩《たと》えるなら正社員を全て親族で固めた同族企業のような側面がある。裄沢は、庇護《ひご》すべき幼い甥御《おいご》のように温かく迎え入れられたのであった——まだ、そのころは……。

昔のことを思い出していた裄沢はようやく我に返った。

最初に目的の場所へ来られたことになるのだが、あまり長いことこの場にいると余計な疑いを招くかもしれない。裄沢は、次の蔵への案内を頼むことにする。

次に向かったのは最初の土蔵のすぐそばにある、奉行所の金蔵だった。

さすがにここは外から見るだけで、中には入らなかった。

その後、米蔵や味噌、漬け物などの食料庫、普段使わない奉行所の備品を入れておく蔵なども含めて、ざっと見て回る。

足を向けなかったのは、お奉行やその家来衆が持ち込んだ品を入れておくところだけだった。

「まだどこかご覧になりたいところは？」

外崎が、裄沢の真意を窺うような目で問うてきた。

「いえ、今日はこのぐらいで——まだ傷が痛みますし、無理せず追々《おいおい》やっていけばよいとも言われておりますので、まぁのんびりとやらせてもらいます。極力ご迷惑は掛けぬように心掛けますので、なにぶんこの先もよろしくお願いします」

あくまでも、蔵の中の確認が仕事だという建前のままに応じた。

軽く頭を下げ、「伊佐山様にもご挨拶をしてから辞去したい」と告げて二人して年番部屋へ戻ることにした。

五

二人で年番部屋へ入った後、外崎は鍵束を元の場所へ返してからすぐに自分の席へ戻っていった。

それを黙って見送った伊佐山が、突っ立っている裄沢をジロリと見上げる。

「ちょっと来い」

伊佐山が裄沢を伴ったのは、いったん外へ出て与力番所の入り口から入り直した脇に設けられている小部屋だった。

——今日はお偉方との密談に縁がある。

そんな益体《やくたい》もないことを考えながら、伊佐山の向かい側で膝を折った。

「で、何か判ったのか」

伊佐山は性急に問うてきた。

ことがことだから、奉行所内ですり替えられた根付を取り戻したい御大身のことはごく少数の者にしか知らされていない。

なぜその中に自分が入れられているのか裄沢はいまだ納得がいっていないのだが、ともかくその少数の中に伊佐山も含まれていることは、与力の深元から事前に聞かされていた。まあこれは、雑物を扱う部署の責任者として、かつまた奉行所与力同心の総代である筆頭与力として当然のことだろう。

「それがしは、先ほど深元様より告げられたばかりにて、こちらへ伺い蔵を見せてもらったのが口開けにございます。とてものこと……」

そんなに簡単に判明することならお偉方がこんなに焦《あせ》っちゃいめえ、と内心で悪態をつきつつも、表情には出さずにただ首を振るだけに留める。

「ときがあまりないことは判っておろうな」

言われたほうからすると、まるで脅しつけるような口ぶりに聞こえた。本日初めて顔を合わせたときからそうだったが、「まずは威圧を与える」というやり方がこの男の習《なら》い性《しょう》になっているようだ。

――ときがなくなるまで、あんたらはいったい何をやってたんだい。

そう言いたいのを我慢して、穏やかに申し入れをした。

「ついては、いくつかお尋ねしたいことがあるのですが」

己の問いを無視されてさらに目力を強めた伊佐山であったが、気を落ち着けると「何じゃ」と応じてきた。

生意気な、とは思ったであろうけれど、そんなことを悠長《ゆうちょう》に叱っていられるほどの「猶予《とき》がない」のは、自身言及したとおりなのだ。

裄沢は、相手の感情の動きなど全く気に掛けることなく己の知りたいことに心を傾ける。

「外崎どのはそれがしを案内するにあたり、伊佐山様の席の後ろの壁から蔵の鍵を持ち出しましたが、あの鍵はいつも同じところに掛けられているのでしょうか」

「……そなた、年番方に不埒者《ふらちもの》がおると考えておるのか」

伊佐山がジロリと睨んできた。

「年番方の中に疑わしき者がおらぬことはまず最初に確かめられたとは存じますが、それでもとにかく、まずは己自身で全て漏れなく当たろうとしているだけにございます——何かを除外した上で怪しそうなところだけ見繕って何も見つけられなかったとなってから、最初に手をつけ始めたところまで戻ってもう一度やり直すようなときはなさそうにございますから」

裄沢の正論に反発を覚えながらも、伊佐山は我《が》を押し殺して答える。

「昼の間はあそこに掛けておくのが決まりじゃ。持ち出す際には儂か、儂が席をはずしておるときには他の年番方与力に了承を得てから持ち出すことになっておる」

「皆様がお帰りになるときは」

「年番部屋にある道具入れの引き出しに仕舞うことになっておる」

「その道具入れに、鍵は掛けられているのでしょうか」

「町奉行所内《ごばんしょ》ぞ」

何を言っているのかと、伊佐山は呆れ顔になった。

「すり替えが行われたのは、その御番所の中のことにございます」

裄沢に返されて、伊佐山は押し黙る。そして、返答した。

「……道具入れに錠は付いておらぬ」

「鍵が夜に仕舞われる場所を知っておる者は」

「毎日のことゆえ、年番方は皆見ておるであろうな」

年番方の中にすり替えを行った者は絶対にいないという、確信を感じさせる答え方だった。役儀柄ただの思い込みではなく、きちんと伊佐山なりに確認を取った上での返答であろうし、少なくとも仕事ぶりについてならこの男は信用してよいと裄沢も判断した。

「年番方以外では」

「……朝、鍵を出すころや夕刻に鍵を仕舞うところに、年番方に用事があって出入りする者は何人もおろう。それに言うまでもないことだが、初めて出仕したそのときから辞めるまで、ずっと年番方だという者はおらぬ。昔から仕舞う場所は変わっておらぬゆえ、わずかでも年番方におった後で他のお役に転じた者も、皆知っておることになろうな」

覚悟はしていたが、やはりその線から絞り込むのは難しいようだ。

「夕刻に仕舞い朝に取り出すとのことですが、毎日のこととなると、お忘れになったがため次の朝まで壁に掛けられたままということもありましょうな」

仏頂面の伊佐山の無言は、肯定を表しているはずだ。

「朝、出仕してきて仕舞っておいたはずの鍵が見つからず、その後どこからか出てきたというようなことは」

断じてない、と今度はキッパリと言い切られた。

「そなた、年番方がそこまでいい加減な仕事をしておると思うているか」

「先ほども申しましたように、漏れなく当たろうとしているだけにございます。

少しでもありそうなことは全て潰しておきませぬと、どこかで漏れが生じていても判らぬことになりかねませぬゆえ」

裄沢の返答を聞いた伊佐山は口を噤《つぐ》んだが、顔には不満が表れていた。

そこで、多少は憤懣《ふんまん》を和《やわ》らげておくことにする。

「鍵がなくなっていたことはないかというのは、単なる確認にございます。また、仕舞い忘れた鍵を使ってすり替えが行われたとは、それがしも考えておりません――実行した者がそれを偶然目にした日に、偶々すり替え用の品も所持していたなどということはまずあり得ませんから。おそらくは事前に準備しておいて、皆が帰った後に道具入れから鍵を持ち出したのでございましょう」

伊佐山が疑問を浮かべる。

「夜にやったと？」

「鍵を持ち出したのはまだ夕刻だったかもしれませんが、蔵に入ったのは出入りするところを見られる懼《おそ》れの少ない夜中だったのではと考えます」

「あの蔵は、同心詰所のすぐそばぞ」

夜とはいえ、宿直番が詰めている場所のすぐ近くでそんな大胆なことが行われたと思っているのか、という疑問だった。

そこで、まだ大事な質問をしていなかったことに気づいた裄沢が反対に問う。

「元の蔵から競売品をまとめておくあの蔵に移す前に、まだすり替えは行われていなかったという確認は取れておりましょうか」

「それは……」

伊佐山から明確な返事はもたらされなかった。移したときには書面と付き合わせただけであろうし、すでにすり替え後の「それらしい物」が残されていれば確認の目をすり抜けていたとも考えられるのだ。

移送時に確認を行った担当者に問うたとしても、いくつもある品の中の一つをはっきり憶えているかは怪しいし、第一、普段行わないことを訊いた時点で「何かあるのでは」と不審を覚えられてしまおう。

裄沢は、穏やかに続けた。

「元の蔵のほうは、夜中なればさほど人目にはつきませぬ」

口には出さないが、裄沢は競売品をまとめておく蔵ですり替えられたことを前提に探すつもりでいた。どちらで行われたかは半々であっても、差し迫っている中、絞り込まなければ虻蜂取《あぶはちと》らずになると割り切ったのだ。

もし元の蔵ですり替えられたのであれば、とうに売られて処分された後であり、取り返しはつかないものと思われたからだった。ならばそちらは、今判明しても後々判明しても結果は変わらない。

「そして競売品を収める蔵に移されたのは先月だと伺っております。当奉行所の非番月《ひばんづき》なれば、宿直の数も少のうございました」

南北の町奉行所は、新規案件の受付をひと月交替で行っている。その担当月を月番《つきばん》、そうでない月を非番と言った。

夜中の緊急時の通報も原則として月番の奉行所に行われるため、非番月には与力同心の宿直の数も減らされるのだ。

減らすとはいえ非番の月でも宿直を置くのは、たとえば「大火事の際には当番非番にかかわらず、南北両奉行がいずれも出座して消火や避難誘導の陣頭指揮を執る」といった非常事態を想定してのことだった。

「それに、我らが行う宿直は危急の際の呼び出しに備えるものですから、夜っぴて不寝番《ねずのばん》をしているわけではございませぬ。遅くとも真夜中を過ぎたころには床に就いてしまいますゆえ、大きな音を立てぬ限りそうそう見つかるものではないようにも思われまする」

裄沢が付け足した言葉を聞いて、伊佐山は「むう」と唸った。

訊くべきことは訊いた。ならば、難しい顔の年寄りといつまでも面突き合わせているることもない。

裄沢は、さっさと引き揚げることにした。

「お忙しいところで手数をお掛けし、真に申し訳ございませんでした。では、それがしはこれにて」

裄沢の挨拶に頷いた伊佐山は、ふと内心を漏らす。

「しかし、御番所内にこれほどのことをしでかす者がおろうとは……」

「今までもなかったことではございませぬ」

「そなた、自分の上役や同僚の中にかほどのことをなす者がおろうというのに全く平気なのか」

「当人も、まさかこんな事態になっておるとは思ってもおりますまい。それに、すり替えが行われた場所を考えればおそらくは御番所内の者であろうとは思われますが、必ずしも与力同心がやったとは限りませぬし」

「……そなた、まさかお奉行のご家来衆を……」

「自身で確かめるまでは何ごとも除外はせぬと、申し上げているとおりにございます」

言い置いて一礼し立ち上がった裄沢は、伊佐山をその場に残したまま小部屋から立ち去った。

年番部屋から鍵を持ち出したことを考えると、この北町奉行所の中で住み暮らしているとはいえ奉行の家来や奉公人がやれたこととは思えない。内与力は例外と言えるかもしれないが、奉行側近である内与力に巻き込まれた身としてはさすがにそこまで疑う気にはならなかった。

しかし口には出さなかったが、疑ってしかるべき者は他にもいることを裄沢は忘れてはいなかった。

六

己の仕事場である御用部屋にいったん戻ると、もう夕刻も間近になっていた。少々早めではあるものの、今日はそのまま退席させてもらうことにした。傷に障《さわ》るほど体を動かしてはおらずとも、ともかく今日はいろいろあってひどく気疲れを覚えたのだ。

内与力を通じ奉行から内々のお指図を受けたことで、今は「傷を養生しながらの勝手勤め」を認められた形になっている。胸を張って堂々と早帰りできるのだった。

ふらりと奉行所の表門を出た裄沢の足は、そのまま己の組屋敷へと向けられた。気が向けばどこかに立ち寄ることができるぐらいの刻限ではあったが、片腕が不自由ではそんな気にもならない。

「裄沢の小父《おじ》さん」

家に入ろうとしたところで声を掛けられた。顔を向けると、若い娘が一人こちらへ向かってこようとしている。

「茜《あかね》ちゃんか」

隣の組屋敷に住む同心の娘であった。確か、次の正月を迎えれば十七になるはずだ。

恥ずかしがるから当人の前では口にされないが、近所では八丁堀小町と評判で、奉行所内でも若い者らがなんとかお近づきになろうと競い合っている娘だった。

「小父さん、怪我をしたんですって？」

小走りに寄ってきた茜は、問い詰めるような勢いで言い掛けてきた。

「ああ、ちょいと年寄りの冷や水ってヤツをやっちまってな。散々な目に遭ったからもう懲《こ》りたよ」

「年寄りって――まだそんな歳じゃあないでしょうに」

「そうかい？　いや、茜ちゃんから見りゃあ俺なんぞもう十分年寄りだろう」

「また、そんなことを……で、怪我の具合は大丈夫なんですか」

心配そうな茜に笑ってみせる。

「ああよ、こうやって御番所に出仕してるぐらいだからな」

「でも、つらくて早めに戻ってきたんじゃあ……」

「いいや。いい口実ができたから、怠《なま》けて早帰りしてきたんだ」

茜は「まあ」と睨む顔つきになる。

――ちょいと、似てきたかな。

ふと、そんな思いが浮かんできた。似てきたとは、裄沢の妻だった女とである。

妻の尋緒《ひろお》がまだ生きていれば茜二人分を超える歳になっていたはずだが、裄沢の記憶にある当時の面影と比べるなら、実の姉でもおかしくない程度しか違わない。

尋緒が裄沢の家へ嫁《とつ》いできたころにはもう付き合いはほとんどなかったらしい

ものの、茜の家は、妻の実家とは遠い縁戚《えんせき》になるということだった。

——いやいや、尋緒《あいつ》と並べたんじゃあ茜に気の毒だ。

心の中で打ち消しながらも、想いは昔あった様々なことごとへと向かう。

※

父の急死を受けて突然北町奉行所へ出仕することになった裄沢は、次の年が明けてすぐに早めの元服《げんぷく》を済ませた。

ひととおり儀式を終えて出席者が寛《くつろ》いでいる中、着替えを済ませて礼を述べに顔を出した裄沢に、烏帽子親《えぼしおや》を務めてくれた亡父の友人が思いがけぬことを言ってきた。

「そなたの嫁が決まったぞ。御番所へもう出仕しておるのだ、さっそく祝言《しゅうげん》を挙げねばの」

驚いて「はあ」としか返事ができずに母を見たが、母は黙って頷いてくるばかりであった。

裄沢の妻となった尋緒は、烏帽子親の姪《めい》にあたる娘だった。この時代ならさほど珍しくもないことだが、裄沢は嫁が決まるまで、その顔すら一度も見掛けたことはなかった。

　尋緒は裄沢より二つ歳上だった。まだ十五にもならぬ男の目に映った二歳年長の女は、ずいぶんと大人びて見えたものだ。

　最初に目にしたのは結納《ゆいのう》の際、座敷で裄沢を待っているときの横顔で、真っ直ぐ背筋を伸ばした澄まし顔が勝ち気そうに見えて、いくらか気後れを感じたことを憶えている。

　当人の実感のないままに、あれよあれよと思う間もなく華燭《かしょく》の典《てん》が執り行われた。周囲にはまだ元服も終えていない者が多数いる歳にもかかわらず、気づけば裄沢は妻帯者となっていた。

　祝言を挙げて一緒に暮らしてみると、尋緒は何ごとも自分から進んで決めていくようなところがあった。最初の印象が当たっていたというべきか、人によっては「さしでがましい」と不快を覚えてもおかしくはない性格《たち》だったと思う。

　それも理由の一つだったのであろう、裄沢とは、少なくとも一緒になった当初は上手くやっていたはずだが、気づけば尋緒は裄沢の母とはあまり折り合いがよくなくなっていた。

　当時町奉行所へ出仕し始めたばかりの裄沢は、ともかく仕事を憶えることだけに必死であった。母や奉公人ら、そして新たに迎えることになった妻の暮らしを支える働き手は、一人前にはほど遠いとはいえこの家の中に自分一人しかいないのだ。

己のことを高く評するのもおこがましいが、裄沢は、見習いとして出仕したての者の中では最年少ながら頭一つ飛び抜けるほどには優秀だったと思う。見習いに任せられる簡単なものであったにせよ仕事はすぐに憶え、先達の説明が足りないところは自分で気づいて訊きにいくような利発さがあった。

周囲が裄沢を見る目も他の新入りを見るのとは次第に違ってきて、これも期待の表れか、裄沢に任せられる仕事の量はどんどんと増えていった。

裄沢は、それをこなすだけで精一杯の毎日を送っていたのだ。体のほうはまだしも、積み重なる仕事で失敗《しくじ》りを犯しはしないかと次第に心のゆとりがなくなっていったのは、やむを得ないことだっただろう。

家に帰っても飯を食って寝るだけで、それ以外の会話はほとんどなくなっていた。非番の日とて、日がな一日夜具に包《くる》まっているか、後は母や妻がいろいろと言ってくるのが煩《わずら》わしくて一人表に飛び出し町の中を彷徨《うろつ》くか、ずっとそんな日々を送っていた。

それでもやることはやっていたことになろう。裄沢は、十六の歳にしてもう父親になっていた。生まれた娘は、亜衣《あい》と名付けた。

娘が生まれても仕事が減ることはない。むしろ「これでそなたも一国一城の主になったのだから」などと言われて、後から思えば「これが見習いに任せる仕事か？」と首を傾《かし》げるようなものまで押しつけられるようになった。

余裕がなければ、耳を貸すべき相手の話にもきちんと応対できない。持ち掛けてきたのが親しい間柄の者ともなればなおさらだった。

「尋緒さんも、もう少し家のことを考えてくれるといいんだけどねぇ」

妻がいないときを見計らって溜息混じりに告げられた母親の愚痴も、出がけの忙しさに紛らわして聞き流した。

そのときは、母と妻が険悪と言えるほど角突《つの》き合わせていようとは思ってもいなかった。裄沢の意識は、ほとんど奉行所の仕事にだけ向けられていたのだ。

裄沢は家の中が冷え切っていく間、何も気づかぬままただ奉行所の仕事にかまけていたのだった。

家で下働きをしている老爺の茂助《もすけ》が不意の知らせを持って奉行所に駆けつけて

きたのは、雨のそぼ降る秋の夕方のことだった。

「尋緒奥様が亜衣お嬢様を連れて出掛けられた後、いまだお戻りになっておりません」

「どこへ行ったのだ？」

「それが、誰にも何も告げられずに黙ってお出になったようで」

「そんなことを……まさか、初めてではないと？」

茂助の顔色を見て推察できたことを口にした。

「はぁ……ただ、お嬢様をお連れになったのは……」

独りでの無断外出は今までも何度かはあったということだ。

——母は何をしていたのか。

任せているはずの家で自分の知らなかったゴタゴタが起こっていることに、祄沢は強い苛立ちを覚えた。

「心当たりは捜したのだな」

ただの確認のつもりだったのだが、茂助は返答を一瞬躊躇《ため》らった。

「はあ、そうそう行かれそうなところもございませんで」

「判った。仕事が終わったら急いで帰るゆえ、お前は戻っておれ」

定刻までは勤めると返した裄沢に、茂助は何か言いたそうな顔をする。

「どうした、心当たりはすでに捜したのであろう。それで見つからぬとあれば、俺が急ぎ戻ったところで何もできることはあるまい――それとも、待っていても帰ってこぬ事情があって、それをお前は知っているとでも申すか」

問い質す裄沢に茂助は「いえ、そんな」と視線を逸らし、どこか立ち去りがたい様子を見せながらも、やや雨足が強まってきた中を八丁堀へと戻っていった。

裄沢はその姿を見送るでもなく身を翻《ひるがえ》すと、己の仕事場へ向け足を踏み出した。

頭の中は、積み上がった仕事をいかに手早く片付けて家へ戻るかという算段に切り替わっていた。


定刻よりは遅く、しかしながらいつもよりはずっと早く裄沢は帰宅したのだが、娘を連れて出掛けたという尋緒はまだ戻ってはいなかった。

主の帰りを待つまでもなく、数少ない奉公人は心当たりをもう一度捜しに皆出ており、家で裄沢を迎えたのは母一人だった。その夜、裄沢の家では皆が起きたまま夜を明かしたが、妻が帰ってくることもなければ、今どこにいるという知らせもたらされはしなかった。

妻と娘の消息が知れたのは翌日朝になってからのことだ。八丁堀を訪ねてきた男に、六郷川《ろくごうがわ》で小舟が転覆《てんぷく》し、娘の屍体だけは上がったと告げられた。

七

軽い雑談を交わしてすぐに茜と別れた裄沢は、そのまま家へ帰った。

「お帰りなさいやし」

出迎えたのは、下働きの老爺茂助だった。お勝手のほうから、もう一人の下働きの重次《しげじ》も顔を出して頭を下げてくる。

裄沢は「おう」とのみ返事をして腰から抜いた大小を己の手に持ったまま、座敷へと通っていった。

身内を全て喪《うしな》ってからの裄沢は、奉公人に手伝わせず一人で着替えるのが習慣になっている。頭を下げて見送る茂助の髪がずいぶんと薄くなっていることになぜか今日になって気づき、袴を脱ぎながら己の来《こ》し方《かた》へ改めて想いを巡らす。

——そういや、茂助は尋緒が嫁いでくるときに向こうの家からついてきた者だったな。

もともと若くはなかったが、ずいぶんと歳を取ったものだと思う。それだけ、あれから自分も年を重ねてきたということになろう。

※

幼い水死体の身元が判ったのは、娘が首から提《さ》げていた守り袋に住まいと名前を書いた迷子札《まいごふだ》が入っていたからだ。母が孫のために手作りした品だった。

妻と娘は当然武蔵国《むさしのくに》（現在の東京都と埼玉県）の六郷のほうから川を渡ろうとしたのだろうが、娘の屍体が打ち上げられたのは相模国《さがみのくに》（現在の神奈川県）側の川崎宿《かわさきしゆく》のほうだった。

急ぎ東海道を南下し川崎の宿場へ向かった絎沢は、そこで衝撃的な話を聞くことになった。

――娘連れで六郷の渡しを渡河《とか》しようとした尋緒だったが、渡し場に着いたのは渡し船が雨のために早めに終わった後だった。それでも諦めきれなかったのか、岸に舫《もや》われていた小舟の綱を解き、勝手に漕ぎ出した……。

「男連れ？」

目撃した者から聞いた話を伝えてくれた代官所の役人の言葉に、裄沢は思わず反応した。

「はあ、三十手前の瘦《や》せた男ということでしたなぁ。『もう船は出せないのか』って聞かれた渡し守は、夫婦者だと思ったみたいで」

気の毒そうに告げてくる役人に裄沢がどう見えているか判らないわけではなかったが、さらなる言葉にそれどころではなくなった。

「雨の中を漕ぎ出した舟は持ち主がすぐに見つけて岸を追いかけたそうなんですけど、どうやら乗ってた二人は舟の中で諍《いさか》いを起こしてそれどころじゃなかったようですな」

「諍い？」

「舟主《ふなぬし》によると、男のほうが、女が抱えた荷物を奪い取って川に捨てようとして女とつかみ合いになってたそうです。それで舟が引っ繰り返って――もう川の真ん中辺りまで進んだところですから、救けようもなかったとのことで」

「……その、女が抱えていた荷物というのは……」

裄沢の視線が、筵《むしろ》を被せられた小さな塊に向く。

役人が無言であるのは、捨てようとする男から尋緒が必死に守ろうとした「荷物」こそ我が娘だったということだ。

「おーい、もう一つ死体《ホトケ》さんが上がったぞーい」

「そりゃあ、男かぁ、女かぁ？」

「大人の男だよぅ」

向こうの川辺で交わされているやり取りは、裄沢の耳には入ってこなかった。

水死体《どざえもん》で上がった男の背負っていた刺青《いれずみ》が珍しいものだったことから、男の身元も容易に判明した。主に芝《しば》界隈で活動をしていた香具師《やし》の一人だという。

寺社の境内《けいだい》で町人の娘相手に安物の紅《べに》や櫛《くし》などを売っていた、ちょいと苦み走ったお哥《あに》いさんだったらしい。

そんな男と八丁堀同心の妻がどんな知り合いだったのか。はっきりしたことを裄沢に伝えてくれる者はいなかったが、容易に想像はついた。

裄沢はそのときになって初めて、自分が最初から裏切られていたのではないかという疑問に打《ぶ》ち当たったのだった。

結局尋緒の屍体だけは上がらなかったが、状況から見て溺れ死んだ後そのまま海まで流されたものと判断された。

尋緒の死に様《しざま》は、そのまま周囲に伝えることはできない。

妻の実家や親戚にも相談した上で、「川崎の知り合いのところへ娘を見せに行く途中、舟から落ちて亡くなった」ということにした。

「なんてことをしてくれたんだろうねえ」

嫁の死そのものよりも、その振る舞いが裄沢家に与えた大きな傷を裄沢の母は嘆《なげ》いた。中でも巻き添えを食ったような孫の死が一番の痛手だったようだ。

裄沢自身はどうであったか――正直なところ、あまり定かな記憶はない。思いも掛けぬ騒動が己のすぐ間近で起こり、さらにその後も立て続いたために、感情の揺れがあまりにも大きかったのである。

ともかく当時の裄沢は、大きな悔いを残しているであろう母に、満足に言葉も掛けられなかったのだった。

元服の折、まだ年端《としは》もいかない裄沢の縁談をなぜ母が承知したか。それは、町奉行所の与力同心では珍しく、母が町方役人の家族でも縁者でもなかったことに理由があると裄沢は考えている。

母は、両親を亡くし天涯孤独の身の上となった、祖父の俳諧仲間の忘れ形見だった。他に頼れる親戚知人もないままに桁沢の家へ引き取られたのだ。

祖父にどういう思惑があったのかは知らないが、養女となることもなく育った母は、長ずるや同じ屋根の下で住み暮らしていた桁沢の父と一緒になった。

親代わりとなってくれた桁沢の祖父母が他界し、さらに奉行所での仕事中に父も殉職すると、母は幼さの残る桁沢を抱えたままま拠《よ》り所《どころ》を失ってしまったのだ。たとえ息子の嫁につながる者らであっても、頼れそうな身内ができるという安心は得がたいものだったに違いない。

一方で、尋緒の両親や縁者はなぜ、まだ海のものとも山のものともつかぬ桁沢に大事な娘を嫁がせる決心をしたのか。

亡くなってから振り返ってみれば、尋緒はおそらく、桁沢のところへ嫁に来る前から男を知っていたのだろう。死んだ際に一緒に舟に乗っていた男のことを考えれば他にあり得そうにないし、初めての閨《ねや》のことを思い出してもそう考えれば頷けるところがあった。

縁談を尋緒の親族のほうから持ち掛けてきて婚儀を急いだのも、醜聞《しゅうぶん》が広まる前になるべく早く娘を片付けたかったのだと考えれば得心できる。

桁沢の母はおそらく、先方からその辺りの事情は何も告げられぬまま息子の縁談を持ち掛けられた。しかし、ともに暮らしていくうちに薄々事情を察するような何かが起こったのではないだろうか。

それが、二人の仲をますます拗《こじ》らせる一因となったとしても不思議ではない。

おそらく母は、ときおり無断で外出する尋緒のそばに男の影を見たのだ。孫の父親が誰かを疑ったとまでは思いたくないが、そうした不安が過《よ》ぎったために、尋緒に対するもの言いがますますきつくなったことぐらいはあったかもしれない。

嫁と孫二人の死からほどなく、一気に歳を取った母は寝つくようになり、ごく軽いと思われた風邪をこじらせて呆気なく逝《い》った。

枕元の裄沢に、後悔と詫びばかり口にする最期だった。

裄沢は、ほんの短い間にたった一人になってしまったのだ。

尋緒の実家とも、母の葬儀に呼ばなかったことで完全に疎遠《そえん》になった。

どこの者とも知れぬ男とくっついたのを別れさせ、口を拭《ぬぐ》って裄沢家に押しつけたかどうかはともかく、己の産んだ子を道連れにあんな死に方をしたのだ。

それだけでも言い訳のしようはない。

もう関わってこようとしない裄沢に、向こうから近づいてくることはなかった。

八

宿直明けで怪我をした腕を抱えながら出仕した翌日、裄沢はやはり町奉行所へ顔を出した。

内与力から押しつけられた余分な仕事をどう進めるかの目処《めど》は全く立っていないが、家であれこれ思い悩んでいるよりは、すり替えが実際行われた場所の近くにいたほうがいい考えが浮かぶかもしれないと思ったのだ。

「おう、裄沢さん、お手柄だったねえ」

とりあえず御用部屋へ向かおうとする途中で声を掛けてきたのは、吟味方の同心だった。同じ吟味方の与力である甲斐原とは違い、入牢証文の申請などでたびたび顔を合わせる相手だ。

「手柄は来合ですよ。俺には『災難だったねえ』とでも言ってやってください」

裄沢は苦笑いを浮かべながら応じた。

「それで、瀬戸物屋に押し込んだ野郎のことだけど、でえぶ判ってきたぜ」

持ち出された話に、裄沢が相手へ正対する。仕事としてはお裁き申し渡しの文案起草まで関わることはなかろうが、実際その場にいた者としてはやはり関心があった。

「瀬戸物屋の夫婦は見たこともない人物だと言ってましたが」

「ああ、野郎の親を呼びつけて質《ただ》したんだが、付き合いは全くねえって言ってたからおそらくそのとおりなんだろうな――野郎は、本銀町《ほんしろがねちょう》のそこそこ大きな仏具屋の総領息子《そうりようむすこ》だったよ。あんまり大事に育てられ過ぎちまった青瓢簞《あおびようたん》で、何が因《もと》だったかぁ知らねえけど、気鬱《きうつ》の病《やまい》に罹《かか》ってこのごらぁ部屋に閉じ籠もりっきりだったようだな」

青瓢簞にしてはずいぶんと手強かったけれども、これは俺のほうが弱いだけか、と内心で自嘲しながら話の続きを聞く。

「日ごろから妙なもの言いや振る舞いもあったって言ってたけど、最近は大人しいんでつい油断しちまってたらしい。気がついたら居ねえんで、大騒ぎで捜してたってなぁ近所からの聞き込みでも判ってる」

本銀町は騒動のあった瀬戸物屋からはずっと北、神田との境に近い町だ。そんなところで人捜しに騒然としていても、駆けつけた自分らが気づくはずはないほどには遠い場所になる。

「そいつが日本橋川《かわ》も渡って元大工町新道まで紛れ込んじまった。瀬戸物屋のほうは戸締まりはしたつもりだったって言ってるけど、子供が騒ぐのに気ぃ取られて閂《かんぬき》の掛け方がつい半端になっちまったか、それとも子供が悪戯《いたずら》してはずしちまったかだったんだろうな。野郎が言うにゃあ、『簡単に開いたから招かれたんだと思った』とよ」

「中で騒いで人質まで取ったのは？」

「誘われたと思って入ったら真っ暗だったんで、何してんだと声を掛けたら騒がれて、そっから訳が判らなくなっちまったって本人は言ってる。そのうちに表のほうが騒々しくなってきたんで、騙されて誘い込まれた己はこれから酷《ひで》え目に遭わされそうだと思ったんだと——けど、刃物《はもな》ぁ最初っから手前で用意してたようだし、『用心のため持ち歩いてた』って言われてもなぁ」

「……気鬱の病ですか」

「親は何とか穏便に済ませられねえかといろんなところを駆けずり回ってるようだけど、これだけのことをしちまっちゃあな」

瀬戸物屋に入り込んで住人の夫婦や子供を脅しただけというなら内済《ないさい》（示談《じだん》）

で済んだかもしれないが、こたびは町方役人に怪我まで負わせている。

この時代にも心神喪失者《しんしんそうしつしゃ》の罪は問わないという考え方はあったが、現代と比べれば遥かに限定的なものになる。町方役人がやり取りしている声が聞こえているにもかかわらず、子供を人質に取って親を脅し、何ごともなかったように装わせたとなると、正気《しょうき》は保っていたと判断されてしまうものと思われた。

――あの場での俺の振る舞いが違っていたら、ここまでの罪に問われることはなかったろうか。

そうした考えがふと頭に浮かんだが、すぐに打ち消した。子供らのこともあり、どうなっているのか判らない中では他にやりようはなかったと己に言い聞かせた。

「そうですか。お知らせくださり、ありがとうございました」

いいってことよ、と応じた吟味方同心は、立ち去りかけて足を止めた。

「ああ、それから、どうやら大竹さんに恨まれてるようだぜ。お前さんならどうってこたぁねえだろうけど、いちおう、な」

ニヤリと笑って去っていく背に、もうひと言礼を述べた。

大竹は、一緒に宿直番をしていて裄沢が騒ぎに出張《でば》るときに、居残って留守対応をした相役だった。宿直の最中に酒を飲み過ぎて横になっていたのを、叩き起こして後を任せたのだ。

戻ってからのやり取りや一緒に留守番をさせた見習いの言っていたことを勘案すると、おそらくは次のような成り行きだったと思われる。


裄沢たちが騒ぎに出張ることとは、奉行の宿直にも伝えられたため、奥からいちおう確認の者が出てきた。そこで居残り待機をしていた大竹が赤い顔をしているのを見て、奉行の宿直は軽い皮肉を口にしたようだ。

もともと小心者の大竹は、酔いが醒めてくるにつれてお奉行にどう伝わるかと不安が増してきたらしい。

そこへ裄沢らが帰ってきたのだが、騒ぎの張本人を捕まえて仮牢へ行っている間に、先に同心詰所へ戻った見習いから裄沢の怪我と来合が同行していることを聞かされた。大竹は特に来合とは顔を合わせたくなかったらしく、仮眠を取るための座敷に移動して、完全に酔いを醒まそうとしたのだろう。

ところがそこへ、来合が裄沢のために呼んだ医者が到着した。医者を案内した門番から来合がまだ同心詰所に居座っていると聞いた大竹は、「捕らえた者の様子を見る」と自分に言い訳をして仮牢へ足を向けたのだった。

大竹が裄沢を恨んでいるとすると、酔うほどに酒を勧めたことについてであろう。

――なぁに、どうだっていいや。

裄沢は気にもとめない。勧められて飲んだのはあの男なのだ。

その直前、見習い連中を集めて「お勧めの心構え」なんぞを滔々《とうとう》と述べていた当の本人なのだから、勧められたって飲むのか断るのかの判断はできて当然のはずだ。

――どいつもこいつも、こんな者《ん》ばっかだ。

裄沢は心の中で吐き捨てた。

※

裄沢が「やさぐれ」と呼ばれるようになったのは、妻と娘、そして母と、立て続けに葬儀を行った後の出仕と時期が重なっている。

最初に異変を感じたのは、やはり同じお役を勤める先達だった。

「裄沢、これをやっておいてくれぬか」

「これは、三崎《みさき》さんの仕事ではありませぬか」

「儂は他の仕事を抱えておって手が離せぬゆえ、手伝《てつど》うてくれと申しておるのじゃ」

「はあ、それではこのために俺が定刻で帰れなくなったときは、三崎さんに手伝いをお願いし一緒に残っていただいてよろしゅうございますな」

当初は、皆が寛大な目で見ていた。中には「そんなことではいかぬ」と窘《たしな》める者もあったが、そうした相手へは表面上は感謝の意を示したものの、裄沢の態度が変わることはなかった。

それもしばらくすれば落ち着くだろうと皆が静観しているうちに、裄沢の横柄《おうへい》さは他のお役の者にまで知れ渡るようになっていった。

「裄沢どの、これをそなたらのところでやってはもらえぬか」

「これは、そちらのお仕事でしょう」

「そうなのだが、今は立て込んでいて手が回らぬ」

「与力の井上《いのうえ》様にお伺いしますので、少々お待ちいただけますか」

「なぜそんなことを。今までは二つ返事で引き受けてくれていたではないか」

「はい、そのために自分のところの仕事が溜まり、同役の皆様にご迷惑が掛かることに気づきまして――井上様、またこのようなお話が参っておるのですが」

「……ああ、裄沢そなた、手が空いておれば手伝ってやってはくれぬか」

「ご存じのように皆様とは違いほとんど定刻では帰っていない有り様にて、手が空いているということはございません。そのために遅れるものがございますがよろしいでしょうか。それともここの皆様にも、定刻後のお手伝いを願えましょうか」

裄沢のこの変貌《へんぼう》を、皆からは「身内を全て喪ったことで自棄《やけ》になっておるのだろう」と見なされていた。

いずれ心の傷が癒《い》えれば、かつての勤勉な若者に戻るはずだと楽観していたのだ。

ところが、いつまで経っても裄沢が態度を変えることはなかった――いや、ますます甚《はなは》だしくなっているようにさえ、思えてきたのである。

裄沢の変化は、皆が考えていたように身内を喪ったために起こったことではない。むしろ、葬儀、重篤《じゅうとく》な親の末期《まつご》の看病、また葬儀、と立て続いた休みの後の初出仕で受けた衝撃が理由だった。

「そなたはもはや、このお役の主戦力だ」

「そなたがおらねば、ここはもう回らぬぞ」

「頼りにしておる。そなたがいなければもうどうにもならぬ」

周囲から言われる言葉を、そのまま鵜《う》呑《の》みにしていたつもりはない。

それでも、自分がこなさなければ皆に迷惑が掛かると己を叱咤《しった》して、山と積まれた仕事へ懸命に挑んでいったのは、皆との間できちんと職責の分かち合いができていると信じきっていたからだ。

あるいは、妻に裏切られ全てを失ったという衝撃を受けた直後でなければ、もう少しは穏やかな受け止め方ができていたのかもしれないが。

——なんだこれは。

久しぶりに奉行所へ出た裄沢は愕然《がくぜん》とした。仕事が滞《とどこお》って殺気立っていたからではなく、そこには、裄沢が休む前と何ら変わらぬ和気藹々《わきあいあい》とした風景が広がっていたためだ。

「おう、お袋さんのことは残念だったな。立て続いたけど、まぁ気を落とさずに頑張れよ」

そんな言葉を掛けてくる先達の声が虚《むな》しく響いた。

――俺がいないと、どうにもならないんじゃなかったのか。全部が全部本当だと思ってたわけじゃないが、それでもこれは……。

その日は、復帰したばかりだしまだ気落ちしているだろうと気遣われて、あまり仕事が割り振られてはこなかった。余裕のある分、これまでできなかった先達たちの仕事ぶりをじっくりと観察した。

――ごく当たり前にやっている。確かに忙しそうだけど、上手く回らず焦っているような様子はどこにもない。

実際、皆が定刻どおりに仕事を終えて上がっていくのを半ば茫然《ぼうぜん》と見送った。

――違っているとこがあったとすりゃあ、途中でお茶を飲んで馬鹿話をするようなところが以前よりは多少減ったことぐらいか。

そうして翌日からすぐに、過剰に押しつけられてくる分の仕事を断る姿が見られるようになったのである。

いったん肚《はら》を据えて割り切ってみれば、それでも周囲の仕事は何の支障もなく進んでいった。己が余分な手を出さなくなった仕事の流れを見ているうちに、新たに判ってきたこともある。

周りは多かれ少なかれ自分が楽をするために、本来裄沢の仕事でないものまで負担させようとしてきていたのだ。

そこまでの余裕がないから普段はできないが、やれれば自分の評価が上がるというお膳立てを、そうは悟らせない形でやらせようとする。

四苦八苦しているのを笑いたいがためか、本来必要でない仕事をわざわざ作ってまで振ってこようとする者もいたようだ。

特に奉行所へ出仕した時期が同じころのやや上の歳ぐらいの者に見られるのが、この歳ではあまり任せられないような仕事までさせてもらっている裄沢に嫉《しっ》妬《と》してか、足を引っ張るような仕事の持ち込み方や割り込み方をしてきて余計なときを費やさせた。

などなど……。

――クズだ。

無論、自分に関わる全ての町方役人がそうした行動を取ってきたわけではないが、自覚してのことなのかどうか、冷めた目で見れば「この人までが」と驚くような人物にも同様の振る舞いをされることがあると判った。

ならば、もう遠慮はしない。

自分から町方役人を辞める気はないが、もはや己以外誰を養わねばならぬわけでもない。突《つ》っ撥《ぱ》ねるべきところは、遠慮会釈《えんりょえしゃく》なく突っ撥ねることにした。

奉行所での態度を変えると、家でも考えが変わってきた。

——この先、いつここを出ねばならなくなるかも判らぬ。なれば、奉公人たちにも新たな働き口を見つけて去ってもらったほうがよい。

裄沢は皆を集めて、包み隠すことなくそう宣言した。

最初は本気にしなかった奉公人たちも、裄沢が何度も同じ話を繰り返すうちに、そうせねばと思うようになる。

もともとそう数がいたわけではない。一人去り、もう一人が去ると、残りは茂助だけになった。

茂助は、亡くなった尋緒が嫁いできたときに尋緒の実家から移ってきた奉公人だった。母の葬儀にも呼ばなかった先方へ手紙を出すと、負い目を感じているためか、「引き取ってもよい」との返事がすぐに来た。

茂助にはその旨を告げ、家から出した。

これで本当に一人っきりだと、何だか訳も判らぬまま笑い出しそうになっていたところへ、出してやったはずの茂助がひょっこり舞い戻ってきた。

「忘れ物でもしたか」

茂助は、小腰を屈めて返答してきた。

「いえ、向こうにはお暇《いとま》を頂戴して参りました。もう、他に行くところがございません」

「⁉　どうしてそんなことを。お前はただの雇われ人であろうに、尋緒の償《つぐな》いでもしておるつもりか」

あり得ぬとは判っていても、この男を見ていると、どうしてもそうではないかと思えてくる。

「向こうへ戻っても、もう俺のいるところはありません」

尋緒とともにこの家に来たことからすると、育ての親というのは言い過ぎにせよ、よほど懐《なつ》かれていた男のはずではある。尋緒が実家にいたころの表面的な経緯ばかりでなく、往時《おうじ》心の内に抱えていた闇まで、全て知っていたとしてもおかしくはない。

先方からすれば、そうであるのに結局は全くの役立たずだったということになるのかもしれない。

しかし、情に訴えるようなその言い方がこの男の本心とは、なぜか思えなかった。

「好きにしろ」

本当の理由が何であれ、ここを追い出せば住むところがないのもまた確かだ。結局、残ることを許すより仕方がないと判断した。

茂助はそのまま下働きを続けることにしただけでなく、甥《おい》だという重次を連れてきて自分の手伝いをさせるようになった。

重次は器用な男で、茂助が不得手《ふえて》な炊事《すいじ》や繕い物などを苦もなくこなした。以後は小者代わりの供が要るとき、重次を連れて出るようにしている。

いつ裄沢家がなくなるか判らないという話は二人とも承知しているということなので、そのままやりたいようにやらせることにしたのだった。

裄沢の「やさぐれ」ぶりは、数年後に起きた来合の嫁取り騒ぎの一件以来、いくらか収まった。だが、根っこのところまでは変わっていない。

何かあれば、今でもすぐに本性が表に出るのだ。

九

すり替えられた根付について、その後も裄沢は奉行所内の様々なところに顔を出して探りを入れてみたが、これといった手掛かりは見つからない。

すでに、年の瀬が迫ってきていた。

師走《しわす》（陰暦十二月）の二十五日は、同心が勤めを終えてから、夜に上役より翌年の勤務継続の申し渡しを受ける日だ。

用部屋手附同心を勤める裄沢の上役は、本来自分の職責にはない仕事を押しつけてきた内与力たちになる。

——まあ、廻り方でも吟味方でもねえ俺に押しつけたほうの眼鏡《めがね》違いだ。それでも勘弁ならないっていうなら、お叱りでもなんでも受けようさ。

裄沢はそんな心持ちで夕刻に御用部屋を出た。

申し渡しはそれぞれの上役である与力の屋敷で行われるが、本来の身分が幕臣ではなく町奉行の家臣である内与力の住まいは、奉行所内の長屋になる。

同役の皆が長屋の並ぶ奉行所敷地の北のほうへ向かう中、裄沢は一人表門を出て呉服橋を渡った。

先日来合に伴われた蕎麦屋へ入り、周囲が一杯やっている中で一人だけ蕎麦を頼んで啜る。

ゆっくりとときを掛けて食事を終えると、また奉行所へ足を向けた。

「お忘れ物ですか」

「いーや、これから引導《いんどう》渡されに行くとこさ」

門番が声を掛けてきたのへ、冗談で返して中へ通った。

目的の長屋の前で、いちおう身なりを正す。声を掛けて、中へ招じ入れられた。

すでに同僚の姿はない。皆が終わるまで待った上で訪れたからだった。

そうするように言われたのだ。座敷へ案内されて対面する相手も、前年の与力ではなくこちらに厄介な仕事を押しつけてきた深元だった。

「それでは申し渡す――」

対座するなり姿勢を改めて決まりの言葉を述べようとした深元へ、裄沢は「少しお待ちを」と言葉を挟んだ。

「なんだ」

「先に、お指図のあったことについてお話ししとうございます」

不快げな深元に、裄沢が意図するところを述べた。

「ほう、何か進展があったか」

期待する深元に、裄沢は首を振る。

「いいえ、全く。これ以上ときを掛けてもそれがしではお役に立てぬと存じましたので、来年の話を伺う前に申し上げておくべきかと」

黙って自分のほうを見る深元に、裄沢は続けた。

「なにより、周囲に事情を明かさず気づかれぬよう探れとおっしゃられても、それでは手足を縛られたまま泳げと言われているようなものでして。最初にお指図をいただいたときも申し上げましたが、探索などろくにしたこともないそれがしでは、やはり任に耐えませぬ」

「投げ出すか」

「いつまで掛かってもよいという話ならばまだ粘りますが、このままでは限りあるときを無駄に費やすだけになるかと」

深元は溜息をついた。

「よい、そのまま探り続けよ」

「深元様」

深元は裄沢に視線を戻していった。

「あと、ひと月足らず。ときなど、もうないわ」

「いや、それでも――」

裄沢よ、と今度は深元が遮る。

「そなたに預けたところで、すでに打てる手などなくなっておったのだ。そなたに申しつけたは、いわば最後の悪足掻《わるあが》き。どうにかなろうとは、お奉行も期待されてはおらぬ」

「それは……」

「すでにお覚悟はなさっておるということよ」

「……最後が、それがしですか――なぜ？」

「直接には、元大工町の瀬戸物屋の一件であろうな。あの折の判断に、一縷《いちる》の望みをかけたということだ。それに都合よく怪我をしてくれたゆえ、常の仕事からはずしてもおかしくはなかったからな」

「ここまでの探索で、すでにそれがしも目立ち始めておるように存じますが」

さすがにそう長いこと掛かる怪我ではないし、いろいろ動き回ればそれだけ人の耳目《じもく》を集めることになる。

「気にするな」

あっさりと返してきた深元に、裄沢は目を見開いた。

「どうせ例の物が戻ってこねば、お奉行は責任を問われることになる。そうなったときには、そなたがどう動いていたかなどどうでもよくなろう」

深元は裄沢を見てさばさばと言った。

「そなたとこのようなことをするのも、今年限りかも知れぬな」

奉行が罷免《ひめん》されれば、その家来である内与力も奉行所から去ることになる。

姿勢を正した深元は、最初にやろうとしていたことに改めて着手した。

「長年《ちょうねん》申しつくる。以後も怠りなく勤めよ」

威厳ある言い渡しを、裄沢は「ハッ」と畏まって承った。


年が明け、元日は陽の出る前に奉行所へ与力同心一同が打ち揃った。裄沢も吉《きち》例《れい》の麻裃《あさがみしも》姿で出仕し、新年の賀詞《がし》の集《つど》いに加わった。

この日より十六日までは、後回しにできない急ぎの業務はこなしつつも、年始回りが各人の主な仕事となる。町奉行所の正式な御用始めは、正月十七日なのだ。

松が明けてからのある日、挨拶回りなどはほんのお座なりにしかやらない裄沢は、奉行所内で軽く雑務をこなした後に座をはずした。

怪我がほとんど治った身としては、仕事場におらずにぶらぶらしていてもさほど気にはされないという意味で探るのに都合のいい時期なのだが、どこへ行っても人が疎《まば》らなのと、向こうも暇だから注目されやすいという点では動きづらさもある。

さらに言うと、気に掛けるべきところはみんないちおう当たった後であり、もう一度向かおうかと思える場所も取り立ててないという状況に陥《おちい》っていた。

御用部屋は出てしまったことだし、戻ってもやるべき仕事はない。仕方がないから、何かいい考えでも浮かぶかと思い建物の外へ出てみることにした。

表門のほうへ向かおうとすると、左手のほうから何やら掛け声のようなものが聞こえてくる。

特に何をやろうというわけでもなかったので、声のするほうへ行ってみた。

年番部屋の角を曲がると、七、八人の小者が体を動かしている姿が見えてくる。さすがに突棒《つくぼう》や袖搦《そでがらみ》（いずれも先端に金属製の歯がついた長柄《ながえ》の捕り物道具）のような怪我をさせかねない物は使っていないが、寄棒《よりぼう》（六尺棒）や捕り縄を使って人を押さえんとしていた。

どうやら、捕り物の稽古をしているようだ。

実際のところ、暴れる者を取り押さえるような荒事《あらごと》になった捕り物において、主力となるのは同心でも岡っ引きでもなく小者であった。

当初から大捕り物になると判っている場合を除いて、捕り物に出役《しゅつやく》する同心は定町廻りと臨時廻りのせいぜい二人ほどだ。しかも廻り方の皆が皆、来合のような剣の達者というわけではない。

岡っ引きやその子分の下っ引きの本分は言うなれば情報屋であり、喧嘩程度の暴力沙汰ならまだしも、命懸けで刃物を振り回してくる相手に向かっていけるほどの胆力と技量をきちんと備えた者は少なかった。

そこで、小者を採用するにあたっては捕り方となることを前提に考慮がなされ、日ごろから「いざ」というときに備えた鍛錬《たんれん》をさせておくのだ。

ちなみに、かつては捕り物のために出役する際には検使《けんし》（見届役）として必ず与力が一人同伴していたが、その慣例はいつの間にかほとんど廃《すた》れてしまっている。

近づいていくと、一人仁王立ちして稽古中の者らを叱咤し助言を与えている者が判別できた。先日の元大工町での捕り物で供をしてくれた三吉《さんきち》のようだ。

三吉は裄沢に気づくと軽く黙礼してきたが、その目はすぐに稽古をする仲間に戻された。顔つきは真剣で、裄沢に視線を向けたときも厳しい目のままであった。

裄沢は、三吉に声を掛けることもなくしばらく稽古の様子を見た後、邪魔にならぬようにその場から静かに立ち去った。

――侍でもない者らが一生懸命立ち働いているのに、己らはいったい何をやっているのか。

手も足も出ずにただ無為徒食《むいとしょく》しているだけの状況への焦りが、裄沢へいつも以上に己を蔑《さげす》む心持ちを起こさせていた。

十

――やれることはやった。それでも取っ掛かりすら摑《つか》めない。後は、何が起こっているのかを大っぴらにしてそれなりの人手でも掛けない限り、事態の進展は見込めない。

それが、ここまでやってきた裄沢の結論だった。

今月の下旬になれば雑物の競売が開かれる。それまで、残り十日を切った。

お奉行は普段とどこも変わらず職務に専念しておられるようだが、どこかすでに覚悟を決めているように裄沢の目には見えていた。

その日非番の裄沢は、組屋敷で尻を落ち着けていられずに外へ飛び出した。

——ただお茶を濁すだけの所行でも、悪足掻きでも何でもいい。御番所の中で何も摑めぬのならば、外に行くしかない。

そう思っての行動である。

これまでも、古道具屋や質屋などを当たってみなかったわけではない。

しかし、こうした見世は盗品を持ち込まれることが多いという理由で、もともと町方の目が光っていた。

奉行所内ですり替えが行われていることが明らかなれば、これを行ったであろう者もやはり奉行所内部の者だと思われるのに、容易に足がつきかねないところで換金を図るとは考えづらい。

——そんなことばっかり言ってても仕方がねえ。

家でうだうだしているよりはマシと、朝飯を摂《と》ってすぐに飛び出したのだった。

大門通《おおもんどお》りや京橋東中通《きょうばしひがしなかどお》りなど、古物商の集まっている町をいくつか回ってみたものの、やはり取っ掛かりとなりそうなものは見つからない。

どうしても、事情を明かせないという制約が足を引っ張っているのだった。「なぜ」捜しているかばかりでなく、「何を」捜しているかも容易に口にはできないのだから。

己が住まう組屋敷のある八丁堀のほうへ戻ってきた裄沢は、ついでだからと金《きん》六町《ろくちょう》へ足を向けてみることにした。

金六町も古物商の多い町だが、ここは八丁堀の組屋敷にごく近い。組屋敷が建ち並ぶ武家地の南東側《たつみ》に、ほぼ隣接しているような町だった。

さすがに町奉行所に関わりある者がこんなところへすり替えた物を持ってくるようなことはあるまいが、それでも何か思いつけたら見っけものだというだけの考えだ。

道に軒《のき》を並べる見世を見ながら、とりあえずいっぺんは通り抜けてみようとした――と、裄沢の足が止まる。

素早く路地へ曲がる角に姿を隠した。

一拍置いてそっと半身《はんみ》だけ乗り出し通りのほうを見直せば、暖簾《のれん》を分けて出てきた見知った男が、通りを歩き去っていこうとするところだった。

――あれは、三吉……。

元大工町の捕り物でも供をしてくれた、奉行所の小者だ。

見世を出た三吉は、北へ向かって歩き出した。俯《うつむ》き加減で、何か考え込んでいるように見えた。

しばらく角に立ったまま去っていく男の背を見ていた裄沢は、その三吉が出てきた見世の前まで歩み寄った。古くて、こぢんまりとした佇まいである。

――鱗屋《うろこや》。ここも古物商か。

特に何か察するところがあったわけではない。ともかく、見世の中へ足を進めた。

当人はただ、偶然知人を目にした場所で幸運に恵まれはしないかと気紛れを起こしただけのつもりであったが、どこか三吉の態度に引っ掛かるものを感じていたのかもしれない。

「いらっしゃいませ」

客が入ってきた気配に声を掛けた見世の主らしき男は、ヌッと顔を出した裄沢を見て言葉を続けた。

「町方のお役人様にございますな。今のお客様のことにございましょうか」

今日は非番で普段着だが、髷《まげ》は変えていない。八丁堀で商売する者らしくひと目で見分けたようだった。

「今の客が何か？」

言いながら、見世の中を見回す。大小の古道具がところ狭しと並べられ、飾ってある置物の一つのように主一人がちんまりと座っていた。

「御番所のお手先にございましょう」

岡っ引きや下っ引きも手先と呼ばれるが、小者という言葉をそのまま口にすれば蔑称とも受け取られ得るので、小者がこのように呼び変えられることもあった。

「それで？」

何かありそうだと感じた裄沢は、相手の言葉を否定せずに先を促した。

見世の主は、溜息をつきながら手許の引き出しに仕舞っていた物を取り出して裄沢に見せた。

鼈甲《べっこう》に猫を彫《ほ》った根付のついた、鮫皮の煙草入れ——裄沢が、内与力から捜せと言われていた物と特徴が合致する品だった。

「これを、今の男が？」

「はい。昔、世話をしたあるお方からいただいた大事な品だが、ゆえあって急に金が必要になったと。これから番屋へ行って入来様にはお知らせするつもりにございました」

入来は、八丁堀を含む日本橋の南側を受け持つ定町廻りである。主は「市中巡回でここの自身番に顔を出したときに知らせられるよう、自身番まで言付けに行こうとしていた」と言ったのだった。

「不審があったと？」

「まあ。その品は日ごろから使われておるように見える上、中に残った刻み煙草にはまだ香りがありますのに、持ち込んだお方からは煙草の臭いもしなければ、歯に脂《やに》がついておるようにも見えませんでしたので。お話を伺ったときの様子から、いちおうそうしておいたほうがよいかと存じまして」

昔もらった物に最近まで使われている形跡があるのに、持ち込んできた男は煙草を吸わない――長年この商売をやっているであろう見世の主の目には、様子がおかしいように見えたということだった。

――まさか、三吉が。

そうは思ったものの、見つけてしまったからには放置するわけにもいかない。

「必要ならば入来さんが来たところに立ち会うが、俺のほうで預かることはできるか」

「はい。どうぞお持ちくださいませ」

見世の主はあっさりと言った。驚く裄沢に言葉を重ねる。

「北町《きた》奉行所《まち》の裄沢様にございましょう。ならば、お任せ申します」

顔が知られているとは思わなかった。

そういえば今月の月番は南町であるのに、入来の名を出していた。名まではともかく、少なくとも三吉の身元も知っていることになる。

「いくらで買い取った」

「五両にございます」

この先の成り行き次第では、下手をすればお白洲まで呼び出されることもあり得る話だから、正直な答えに違いない。

内与力の深元は百両はくだらない品だと言っていたが、目利きでもない者が売ればそんな程度の値になろう。これで、すり替えられた品だという疑いはほぼ確信にまで高まった。

「すぐに金を持ってくるゆえ、戻ってくるまで手許に置いといてくれ」

三廻りの同心なら、出先で見つけた咎人を追ってそのまま旅路に就くなどということもあるため、懐には常に十両や二十両の金は入れておくのだが、内役（内勤者）の裄沢にそんな心得はない。

いったん家に帰らねば、必要な金は用意できなかった。

「いえ、どうかそのままお持ちを」

見世の主は驚いた顔で言ってきた。盗品なら支払った金の弁償などしてもらえないのが当たり前なのだ。

「訳ありでな――無論、このことは入来さんに話してもらって何ら障《さわ》りはない」

すり替えがあったこと自体表沙汰にできる話ではないので、これが捜している品だったとしてもどういう決着になるのか、裄沢には判断がつかない。「何ごともなかった」という話になってもよいようにしておくための支払いだった。

後のほうの言葉を付け足したのは、着服するつもりはないという証《あかし》になるようにとの考えからだ。入来にあらかじめ断るかどうかも、深元に相談してからのことだと考えている。

そのままどうぞ、と突き出してきた煙草入れを受け取った。

「では、金は後で必ず持って参る」

そう断って、古道具屋を後にした。

それらしき物は手に入った。しかし古道具屋を出た裄沢の胸に去来するのは、どうやら困難なお役を果たせたようだという昂揚でも安堵でもなく、己が今直面している状況への当惑だった。

──まさか、本当に三吉がこんなことをやったのか。

古道具屋に出入りするところをこの目で見ても、そこで金に換えられた品物を手にしても、三吉が奉行所の蔵に忍び込んですり替えを行ったということが信じられずにいた。

裄沢の知る三吉は、実直で裏表のない男だ。先日は奉行所の中で同輩の捕り方の指導を行っていたところを見たが、実力だけでなく人柄も仲間から認められ、頼りにされていることが明らかだった。

元大工町の捕り物のときも、裄沢の意図をしっかりと汲《く》んで陰から支えてくれた。「自分が斃《たお》れても三吉がいる」という信頼がなければ、あのような無茶はしていなかったかもしれない。

その一方で、三吉ならば今雑物として何が収蔵されていて、その中で金になりそうなのは何かも、また蔵の鍵が年番部屋のどこに仕舞われているかも知っていておかしくはないと言える。人目が一番少なくなる日と刻限を選んで夜の蔵に入り込むことも、あの男ならばさほど難しくはなかったろう。

――では、どうする。

手に入れた根付が、捜し出すよう命ぜられたものかを確かめるためには内与力の深元に差し出すしかないが、その際にはどのようにして手に入れたのかに触れずに済ませられるわけがない。

三吉に、そうせざるを得ないようなやむにやまれぬ事情があったかどうか、密かに調べるだけのときも残されてはいなかった。

――ならば、直接問い質すか。

もし三吉が古道具屋に説明したとおりの品であったたならば裄沢が嫌われるだけで終わろうが、犯行に手を染めていた場合は、深元に告げるのとあまり変わらぬ結末が待っていそうだ。

――さて、どうしたものか。

裄沢は悩みながら、古道具屋に支払う金を持ち出すべく組屋敷へと足を早めた。

用部屋手附同心であるから仕事上黙認される役得もほとんどない薄給《はっきゅう》の身であっても、養うべき家族もなく贅沢もしない裄沢だから、幸いにもその程度の金ならすぐに出せるほどの余裕はあった。

十一

結局その夜はあまり眠れずに次の朝を迎えた。

奉行所に出仕した裄沢は、御用部屋で己の席に着いてから何度も生欠伸《なまあくび》を嚙み殺した。

ただそれは眠気を抑えきれぬからというより、考えるべきことがあるのに冴えぬ頭をなんとかしようとする、無意識のうちの体の働きのせいだった。

午《ひる》の休息時には飯を抜き、お濠端《ほりばた》を歩きながらどうするのが一番よいのかを考え続けた。

上手い考えは浮かばなかったが、期限が迫っている。どんな愚案《ぐあん》であれ、結論は今日中にも出さねばならない。

「裄沢」

席へ戻ると、内与力の深元に呼ばれた。理由が判らず緊張しながら近づいていったが、用件は書物蔵から古い書付を探し出して持ってこいというものだったのでほっと安堵した。

同じお役の同僚か例繰方の一人もいるかと思ったが、裄沢が書物蔵の扉の前からざっと中を見渡しても人影一つ見えなかった。

持ってこいと言われた書付はかなり古い物だから、裄沢は真っ直ぐ奥まで進んでいく。そんなところには誰もいまいと思っていたのに、人の気配があった。

「裄沢か」

相手は、まるで自分が来るのを判っていたかのように問い掛けてきた。

「！　はい」

声を掛けてきた男を見極めた裄沢は、その意外さに驚いた。

書物蔵の奥にいたのは、北町奉行の小田切だった。思ってもいない人物がいたというばかりでなく、本来ならばお奉行は、まだお城から下がってきているはずのない刻限なのだ。

小田切は上の棚の帳面類を取るための踏み台に腰を下ろすと、自分の目の前に置かれた同じ物を指し、手振りで「お前も掛けろ」と指示してきた。

わずかに躊躇《ためら》いを覚えたものの、頭を一つ下げて指図どおりにした。

「昨日調べ物でここに来たら、思いも寄らぬ男に声を掛けられてのう」

余人を交えず話をしたいがためにここに向かわせられたのだということは判った。おそらくは、裄沢以外の人物が近づかぬよう、蔵の外で人払いもされているのだろう。

しかし、こんな手間をかけてまでお奉行が何をしたいのかが判らない。

「小者の三吉よ」

その名を聞いて、ようやく先が読めた気がした。それでも口は閉ざしたまま、話の続きを聞く。

「誰もおらぬと気を抜いておったところで声を掛けてきたかと思えば、いきなり土下座してきよってな」

最初から小田切に直接訴えるつもりであったかどうかは判らない。おそらくは、奉行が書物蔵に入る姿を見掛けて思わず後を追ったのであろう。

「……自分がすり替えを行ったと白状しましたか」

「昨日古道具屋に売ったところをそなたに見られたことに気づき、もはやこれまで観念したそうな」

　裄沢は三吉が立ち去るのを待ってから古道具屋に入ったはずだ。なのに三吉が気づいたとすれば――

「三吉は、いったんは売り払ったものの、やはりやってはいけぬことと思い直して道を引き返したのでしょう。それがしが目撃されたとすれば、そのときしかあり得ぬと存じます」

　すり替えが行われたことにお奉行の周囲が気づいてからだけでもすでに一カ月を大きく超える月日が経っている。その間手許に置き続けたということは、己のしでかした行為を後悔し続けながら、戻せぬ事情があったということだと考えられた。

　なにより、金六町などというところで換金しようとした行為自体、捕まってすっきりしてしまいたいという隠れた願望を如実《にょじつ》に表している。

「こちらを」

　そう言って、裄沢は懐に忍ばせてきた煙草入れと根付を小田切に差し出した。

「お求めの品はそれで間違いございませぬか」

「そのようだの」

小田切は淡々と応じて、懐から取り出した手拭に包んだ。そのまま、周囲から見られても何を持っているのか判らぬように手に持つ。

「いくら掛かった」

「売り先の古道具屋によれば、五両払ったとのことにございました」

「そうか。深元に申しておくゆえ、後で金を受け取るがよい」

古道具屋への代金のつもりか、それとも裄沢が代わりに支払ったと思っての言いようかは判らなかったが、ともかく黙って頭を下げた。

それでも、訊きたいことはある。

「して、その三吉は今どこに？」

助けてやることはできずとも、事情を聞いて手を貸してやれることはあるかもしれぬと考えての問いだった。

ところが、小田切は思いも掛けぬ言葉を返してきた。

「はてのぅ」

「は？」

「お縄をと言うてきたが、当奉行所では何も起こってはおらぬからの。まさか縄を掛けるわけにもいくまい――はてさて、あ奴はどこへ行ったものやら」

表沙汰にはできない事情があるから、やったことをおおっぴらに暴き立ててての処罰はできぬであろうが、内々で処分するつもりならいくらでもやりようはあるはずだ。なぜそうせぬのか、小田切の考えが判らなかった。

「ない罪を罰することはできぬ。それでもここで奉公は続けられぬと申すゆえ、暇《いとま》を与えた。

三吉には歳の離れた妹がおるらしいが、その妹の娘が重い病に罹《かか》っておるようじゃ。薬代《やくだい》が馬鹿にならぬとて、妹夫婦ばかりでなく兄まで巻き込み金策にはかなり苦労しておるそうな——ああ、三吉の話であったな。はて、今はどこでどうしておるのか、それは儂にもとんと判らぬ」

小田切はさらに続ける。

「三吉は、なぜか金を差し出してきたが、何も起こってはおらぬのに受け取る道理はない。それでも『返す』と聞かぬゆえ、手切れの金じゃと言うて無理矢理持たせてやったわ——あれが、ちょうど五両ほどだったか」

——わずかそれだけの金で……。

裄沢は、目を瞑《つぶ》った。

岡っ引きの中には強請《ゆす》り集《たか》りと変わらぬような者も数多くいるが、奉行所の小者でもその気になれば同様にして、商家などから金をせびり取ることが可能であった。

ただ三吉は、そのようなことに手を出してはいないはずだ。

雑物の差し替えなら、市中の者に迷惑を掛けることにはならないし、これまでも手癖の悪い同心がときおりやっていることを知っている。

やむにやまれずやってはいけないことに手を染めざるを得なくなったとき、三吉ならどちらを選ぶか——それがこのような事態を引き起こすとは、間が悪かったとしか言いようがない。

「裄沢、よう為遂《しと》げてくれた」

小田切からの賞賛も、そのままには受け取れない。

「それがしは、何もやってはおりませぬ。むしろ、お奉行様からこのようにして求められるまで、深元様へ命ぜられた品を差し出さなかったこと、お咎めを受けて当然にござります」

苦い口調で己の罪科を認めた裄沢に、小田切は言った。

「先ほども申したはず。ない罪は罰せられぬとな」

「お奉行様……」

「もしいまだこれが出てこずに向こうの不興《ふきよう》を買っておらば、儂もこれほど寛容にはできなんだであろうな。そなたは何もしておらぬと言うが、三吉が古道具屋に出入りするのをそなたが見ておらねば、かような結末にはならなんだ。起きてしまったことはもう取り返しがつかぬ。せめて、このように終わったことを言祝《ことほ》ぐべきではないかの」

お奉行が「向こう」と言ったときに、嫌悪の感情の混じるのが聞き取れた気がした。「向こう」とは、すり替えられた品を取り戻せと圧力を掛けてきた相手であろう。

事前に受けた説明とは違うことになるが、その相手が根付を掏摸《すりと》られた本人と同一人物だとは思えずにいる。町奉行にかほどの圧力を掛けられる者が外へ出るときには、たとえお忍びであれ相応の数の供がつくはずだからである。

さらに駕籠《かご》や馬に乗っていたなら、掏摸など目当ての人物どころか供侍のそばに近づくことすら容易ではあるまい。

――根付のついた煙草入れを掏摸盗られたのは、さほど身分の高くはない侍。その侍に出世か何かの利益供与を申し出た人物こそ、お奉行に圧力を掛けてきた張本人。

その者も、さらに上の人物への贈り物として、根付を欲したものかとも思われた。この世に二つとない品ならば、人によっては商人が付ける値札の数倍、十数倍という価値を認めることがあるからだ。

掏摸盗られた本人に届けを出させなかったのは、その後に根付がどこへ行ったのか、誰かに興味を持たれるような事態を避けたかったのだろう。

いずれにせよ裄沢とは何の関わりもない世界の話。無駄なことに思いを馳《は》せるのはやめることにした。

奉行が三吉を放免《ほうめん》したのも、当人の言動からその心情を汲んだこと以外に、これまで心得違いをした町方がしでかした御番所内のすり替えが罪に問われることなくずっと見逃されてきたこと、自分たちが圧力を受けて振り回された相手への嫌悪と三吉の罪を比べて軽重《けいちょう》を問うたこと、などからの判断があったのだと解釈すれば得心できる。

なにしろ今のお奉行は、老中も臨席する重罪の評議において、他の面々が全員厳罰で意見を一致させているにもかかわらず、情状が認められる限りはただ一人で一段軽い刑罰こそ妥当と主張するようなお人なのだから。

「ところでお奉行様、その根付、どのように出てきたことになさいますか」

すり替えられた物が現れたのだから、下手な出し方をすれば、少なくとも御番所内では噂になってしまうかもしれない。

「何もせぬ」

小田切はあっさりと答えた。

「何もなかったゆえ、何もする要はない――ただ、今蔵の中にある煙草入れと根付に儂が予約を入れておき、競売で競《せ》り落とした商人から買い取れば済む話。後は、ほれ、こっちを向こうに渡せばそれで終《しま》いじゃ」

小田切は、手拭に包んだ煙草入れと根付をひらひらと振って見せた。

そして「裄沢よ」と呼び掛けてくる。

「は」

「何もなかったゆえ、そなたも何も知らぬ。よいな」

裄沢は黙って頭を下げた。

小田切はその横を素通りし、書物蔵の扉へと向かった。

後日、古道具屋から三吉に支払った金子《きんす》が、深元を通じて裄沢へ渡された。

内々の褒美《ほうび》とは別に手渡された奉書紙《ほうしよがみ》の包みには、雑物競売で競り落とした商人から町方役人が買い上げる場合と同様に一割上乗せした額、裄沢が鱗屋の主に渡したのと同額の五両二分《ぶ》が包《くる》まれていた。

十二

裄沢が頼まれた書付を手に御用部屋へ戻ると、同輩から言付けが待っていた。

「表門のところに、そなたの家の奉公人が来ておるそうだぞ」

礼を言ってから依頼の書付を深元へ渡した裄沢は、周囲に断り表門へ出向いた。

お奉行から無理に託された仕事が終わったことでほっとひと息ついた心持ちになっていたのだが、門番所の前で待っていた茂助の深刻そうな顔を見て気を引き締め直した。

一瞬、娘を喪った日のことが脳裏を過《よ》ぎったのを顔に出さぬように努める。

茂助は、裄沢の心の揺れに何も気づかぬまま頭を下げてきた。

「旦那様、大事なお役目中にたいへん申し訳ございません」

「どうした」

くだらないことでわざわざ御番所まで出向いて呼び出しを掛けるような粗忽者《そこつもの》ではない。何があったのか全く予測がつかないままの問いだった。

「それが立石寺《りつしゃくじ》から使いが参りまして、ご当家のお墓の前で行き倒れている者がおるとのことで」

思いも掛けぬ話に裄沢は眉を寄せた。立石寺は、裄沢家の菩提寺《ぼだいじ》である。

「寺からの知らせで？」

「はい」

これが町人地で、裄沢と関わりがあると知られた者が倒れたならば、まずはところの岡っ引きが駆けつけ定町廻り経由で裄沢に直接一報が入れられたであろうが、寺の中となると町奉行所の管轄外となる。

担当は寺社奉行所だが、こうしたことに関して寺社方の動きは鈍い。それを知っている寺が、自分のところから組屋敷へ使いを出してきたということだろう。

「行ってはみたのか？」

「いえ、とりあえずは旦那様にお知らせしようと。重次には、家で留守番をさせてます」

行き倒れなど、寺にみんな任せっきりにしても、あるいは下男を立ち会わせるだけで済ませてしまっても問題は生じない。

しかし厄介ごとが片付いた直後ということもあり、座り仕事に身が入りそうもない裄沢は、直接自分で出向く気になっていた。

「いったん仕事場に戻り断ってくる。しばしここで待っていてくれ」

言い置いて、足早に御用部屋へ戻っていった。


八丁堀の中にも小さな寺があり、そこを檀那寺《だんなでら》としている与力同心は多いが、裄沢家の菩提寺である立石寺は芝のほうに立地している。

これも小さな寺で、檀家《だんか》には武家よりも町人のほうが多かった。

裄沢が茂助を連れて到着すると、門前では寺男が立って待っていた。

「裄沢様。わざわざお越しいただきやしたが、どうにもご迷惑様なこって」

寺男も困惑顔で頭を下げてきた。昼のうちであれば寺の門は開け放たれているし、正月早々の墓地に人影などはほとんど見られなかったはずだ。

そんな場所への出入りなど、よほどのことがなければ見咎められることはない。裄沢に、寺の責を問う気はなかった。

「行き倒れがあったとか。して、生きてはおるのか」

「いえ、もうとっくに冷たくなっておりやした」

「身元は」

「判らねえでしょうねえ。菰《こも》を纏《まと》ってねえのがおかしいぐれえのみすぼらしい身なりで、どう見たって物乞《ものご》いか何かで——あの格好じゃあ、夜鷹《よたか》ですらねえですね」

夜鷹は、夜間往来で春をひさぐ最下級の街娼《がいしょう》のことである。

「女か」

「女ってえより、元女って言ったほうがよさそうですけど」

寺男と話しながら歩いていくうちに、本堂が近づいてきた。

住職からも挨拶を受けた裄沢は、「まだ寺社奉行所の役人が着いていないためそのままにしてある」と聞き、まずは現場へ足を向けることにした。

自分の家の墓だから場所を知らぬということはないが、それでも住職は小僧を一人案内につけた。寺男と住職はそれぞれ元の場所で待機し、寺社奉行所の役人が来るのに備えるとのことだった。

小さな寺の墓地はやはりさほど広いものではなく、自分の家の墓の前に数人の男が立っているのが、墓石や木の墓標が林立する墓場の入り口からでも見えた。

いちおう武家であるから、裄沢家の墓の敷地は一坪半（三畳）ほどの広さがある。皆が集まっているその中へ、裄沢も踏み入った。

集まった者らに近づいていったとき、中に見知った顔があるのに気づいた。確か、南町の定町廻りである。そのそばに控えているのは、ところの岡っ引きであろう。

墓掘り人足を兼ねる寺の下働きが二人一緒にいて、裄沢に頭を下げてきた。

「おいらたちが着いたときゃあ、和尚《おしょう》のほうから使いを出した後だってえから、こっちはお任せにしちまった」

「ええ、しっかり伝わりましたので」

南町の定町廻りが言い訳のように告げてきたのへ、問題はないと裄沢は返した。

前述のとおり寺の中の出来事は寺社奉行所で取り仕切るのだが、代々江戸の町政を司《つかさど》っている町奉行所の与力同心とは違い、寺社奉行所の役人は主である大名が寺社奉行に任じられている間だけの勤めになる。

寺自体の管理統制ならまだしも、寺社地の中で起こる殺し、刃傷《にんじょう》、窃盗《せっとう》などの犯罪に対しては経験不足が露呈《ろてい》する事例が少なからずあった。このため、公的部分はともかく、実質的な捜査権限は町方に委譲《いじょう》するということも少なからず行われていたのだ。

南町の定町廻りがこの場に現れたのは、そうした理由からである。どういう扱いになるか予測ができたので、先回りをしたというところだろう。

なお、この地も日本橋南などを受け持つ入来の担当地域に含まれているのだが、北町の同心である入来ではなく南町の定町廻りがやってきたのは、今月の月番が南町だからだ。

桁沢は、筵を掛けられた人形《ひとがた》の盛り上がりへ目を落とした。

頭は墓石や土盛りが並んでいるほうへ向いているようだ。垢《あか》が瘡蓋《かさぶた》のように貼り付いている汚れた裸足《はだし》の足だけが、筵から二本突き出ている。枯れ木のように細くて皺《しわ》の寄った、年老いた足だった。

ちなみに「○○家（代々）之墓」というのは幕末や明治期に増えた形式で、それ以前はせいぜいが夫婦や両親いずれかとその子一人といった程度の物があるぐらい。江戸中期まではほとんどが個人別で埋葬されていたという。

桁沢家では、母の強い意向で妻と娘は墓を分けた。その母が亡くなったときには孫と一緒を望んだものの、半ば自失していた喪主の桁沢に代わり葬儀を取り仕切った親類の強硬な意見に基づき、母は父の墓に合葬されている。

「どういう状況でしょうか」

二人して、足先を隠しきっていない筵を見下ろしながら問答する。

「寺社方の役人《おじしや》が来るまでいじっちゃいねえが、ざっと見たとこ特に大きな傷やら首を絞めた跡みてえなモンはなさそうだ。おそらかぁ、ふらっとこん中入ってきて、そのまんま倒れたとこが運悪くお前さん家《ち》の墓だったってこったろう」

「物乞いのようだと聞きましたが」

「どう見たってそんな格好だな。肌や髪なんぞの汚れ具合からしても、死体《ホトケ》さんがそうした暮らしを長《なげ》えことしてたなぁ間違いねえ」

「こんなところへ入ってきたのは」

「はてなぁ。行き倒れてそのまんま死んじまったような様子からすると、もうまともにものを考えられねえほど弱っちまってたんじゃねえか。ふらふらしてるうちに、たぁだ足がこっちのほうへ向いちまった——それだけだと思うぜ」

「これからどうなりましょうか」

「寺社方が来ていちおうの検分はするだろうけど、おいらの見立てで間違いねえなら、連中はそのまんま帰《けえ》っちまうだろうよ——特におかしなとこもねえし、まぁこっちもご同様だな」

後は、寺と――もし関わり合う気があるなら裄沢に、任せるということだった。

「これも何かの縁です。拝ませてもらいましょうか」

ただ拝むなら、そのまま手を合わせればいい。南町の定町廻りは意外なことを言われたという顔で裄沢を見返した。

「見るのかい？」

裄沢が頷く。そのときなぜそのような気になったのか、後から考えても答えは出なかった。

南町の定町廻りは、無言で掛けられていた筵を捲《めく》った。

現れたのは、白髪に皺ばんだ顔をした五十はとうに過ぎているかと思われる女だった。脂《あぶら》で房のように固まりつつも半ば抜け落ちた髪が全て白髪となっている女は、着物というより擦り切れた襤褸《ぼろき》切れを寄せ集めたような物を身に纏《まと》っていた。

末期《まつご》の苦しみから逃れようとでもしたのか、土饅頭《どまんじゅう》（丸く土盛りをした形の墓）のほうへ顔を向け、右手をわずかに前へ伸ばしかけた姿で事切れていた。

「おじ――」

静かに裄沢の後ろに控えていた茂助が、不意に声を上げかけた。

茂助は、右手で口を押さえ、大きく目を見開いて死んだ女を見つめていた。

十三

勝手に家を出て亡くなった妻を、裄沢は嫌悪――いや、憎悪した。

己が妻や娘、そして母のため懸命に御番所で働いていたのに、妻の尋緒は家で母と角突き合わせ、無断の外出を繰り返し、そして最後には娘を連れ出してもろともに死なせてしまったのだ。

無断外出の相手であり、おそらくは駆け落ちのつもりであったろう死出《しで》の旅路の同行者が、裄沢と婚儀を結ぶ前から「出来ていた」男であったと思われることも裄沢の怒りを倍加させた。

家の体面から、妻は娘を連れて親戚のところへ向かう途中に故障（事故）で亡くなったこととせざるを得なかったが、遺体が川から上がることなく家の墓に入れずに済んだのは、裄沢にとってはむしろ幸いだと感じさせたほどだ。

しかし、そうした裄沢の頑《かたく》なな想いも、時を経《へ》るに従いほんのわずかずつであるにせよ変化していった。

最初のきっかけは、来合が妻を迎えんとしたときの騒動であろうか。己の至らなさに改めて気づかされた裄沢は、以前の自身の行動についても振り返る機会を得たのだった。

妻を亡くした当時の裄沢は、家のことを顧《かえり》みる余裕もないほどの大量の仕事に忙殺されていた。組屋敷に残った母と妻に全て任せきりにしていたのだ。

自身はそうせざるを得ない状況にあり、また自分が仕事をして俸禄を得ている以上、家のほうは残された二人が上手く切り盛りして当然と考えた。

それができなかったばかりでなく、自らを毀損《きそん》するような行為に走った尋緒は、裄沢から見れば完全な裏切り者だった。己に隠れて男を作っていたことを知った衝撃が、妻を赦《ゆる》せない思いをますます強固にしたのである。

――しかし、妻の尋緒から見ればどうだったか。

月日が経ち、歳を取るに従って、裄沢にもそうした見方ができるようになっていた。

見ず知らずの相手に嫁いだものの、亭主になった男は仕事にかまけるばかりで朝早くから夜まで仕事場へ行ったきり、ろくに会話もない。

義理の母となった女《ひと》は自分がこの家に嫁いできた事情に薄々勘づいているのか、いつまで経っても打ち解けることができなかった。いや、時が経つにつれ、あからさまに拒絶されるようにもなった。

厄介払いをするように自分を放り出した実家には、帰ってもいい顔をされるはずはないし、たとえ行ったとしても気晴らしにすらならない。

——昔の男とよりを戻す以外に、心の拠り所を得ることはできなかったのだろうな。

今なら、そのぐらいは思いやることもできる。

最後の頼みの綱《つな》とした男に、自分の産んだ娘を邪魔者扱いされ殺されそうになったことには、むしろ憐《あわ》れを覚えた。それでも必死に娘を守ろうとしたのは、尋緒にも母としての愛情がしっかりあったという証であろう。

一方の裄沢はどうだったか。

たとえどれほど忙しかったにせよ、自分の娘にきちんと愛情を注いでいたと言えるだろうか。当時の自分は、父親になるにはまだ幼すぎたのではないか。

それを、尋緒はしっかりと感じ取っていたのではあるまいか。

妻とともに娘が亡くなったと知ったとき、裄沢は妻の尋緒が自分と母への当て